乌乡薄暮

周蓬桦 —— 著

天津出版传媒集团
百花文艺出版社

图书在版编目（CIP）数据

乌乡薄暮 / 周蓬桦著. -- 天津：百花文艺出版社，2025.1. -- ISBN 978-7-5306-8979-0

Ⅰ.I267

中国国家版本馆 CIP 数据核字第 2024RM9009 号

乌乡薄暮
WUXIANG BOMU

周蓬桦 著

出 版 人：薛印胜
选题策划：汪惠仁　张　森　　美术编辑：丁莘苡
责任编辑：沙　爽　　　　　　版式设计：王宝萍
出版发行：百花文艺出版社
地　　址：天津市和平区西康路35号　邮编：300051
电话传真：+86-22-23332651（发行部）
　　　　　+86-22-23332656（总编室）
　　　　　+86-22-23332478（邮购部）
网　　址：http://www.baihuawenyi.com
印　　刷：天津新华印务有限公司
开　　本：787毫米×1092毫米　1/32
字　　数：160千字
印　　张：8.25
版　　次：2025年1月第1版
印　　次：2025年1月第1次印刷
定　　价：62.00元

如有印装质量问题，请与天津新华印务有限公司联系调换
地址：天津东丽开发区五经路23号
电话：(022)58160306　邮编：300300

版权所有　　侵权必究

目录

第一辑　霜降夜

第一滴水	☐ 003	火塘边的萨满	☐ 035
采桑葚的盲童	☐ 005	雪地山狸	☐ 039
门廊物语	☐ 009	捕灵手	☐ 047
乌乡的行当	☐ 014	客栈：少年行	☐ 051
写给草籽的信	☐ 018	教育诗	☐ 056
霜降夜	☐ 020	老姑的春天	☐ 061
乌乡哲学之一	☐ 023	松木的气息	☐ 065
四姥娘的夜路	☐ 026	雨季幽火：一个乌乡人的讲述	
最后的猎手	☐ 030		☐ 070

第二辑　雪封木门

草窨课	☐ 081	春天的土鳖虫	☐ 105
缓缓飘落的树叶	☐ 090	善良的烟囱	☐ 108
游猎者的黄昏	☐ 095	劈柴的声音	☐ 111
在林间住多久合适	☐ 100	狼吼月	☐ 114

松油灯	□ 117	深夜猫叫	□ 140
接生婆	□ 122	乌力的茅屋	□ 143
东菜屯的规矩	□ 126	雪封木门	□ 149
雨落木桶	□ 129	雪橇犬灰娃	□ 153
桑叶镇的慈悲	□ 131	三声狗叫	□ 159
插树岭的忧伤	□ 134	勾魂戏	□ 163
日记:采野之书	□ 138		

第三辑　盲琴师

田地被松鼠翻过了	□ 169	黑土里钻出许多东西	□ 202
盲琴师	□ 173	月光照亮蒲草丛	□ 206
赶往牧场的马车夫	□ 178	松脂的气味	□ 210
在乌拉盖草原上挖掘	□ 183	会跑的人参	□ 214
芒草里藏着野兔的家	□ 187	采浆果的人	□ 221
白山栅栏	□ 190	运草车	□ 226
白桦树皮	□ 194	狩猎队的营地	□ 229
萤火天堂	□ 198	林地奇闻	□ 234

献给消逝的事物丨后记	□ 257

第一辑

霜降夜

第一滴水

早晨,吃掉两只昨晚从火炉上烤熟的土豆,准备搭一辆拉柴的货车进山。

出门一仰脸,看见了太阳,但差不多就在同时,我感觉鼻尖上突然多出了一滴清凉的泉水。我将它沾到手指上,看到它在阳光下闪闪发亮。

我当即认定,它不是我体内的分泌之物——汗水或泪水,而是一粒瞬间形成的透明颗粒,它仿佛受了神灵的派遣,来传达春天降临的消息。从最近的一条山谷里,响起一串布谷鸟的叫声,飘出一阵淡蓝色的雾岚。

这让我在整整一个上午都没心思干活,在琢磨这春天的第一滴水是从哪里来的——发轫于大地还是天空,江河还是湖泊,乡间的麦草垛还是旧屋檐下的一串冰锥,或者是白山顶上一片积雪萌生出的一个冲动的念头。

昨天下午,我还看到磨坊的门被冰雪紧紧封住,我拿一把斧头也没能将其敲开,只好把准备磨碎的豆子原封不动地拿回家。我沾了一身冰雪的碎末,回家后默默地脱下棉袄,放到火炉旁边烘烤了整整一个晚上,结果烤煳了半边袄袖。

坐上车后,我问一位要去白山采野的人,河道里的冰是从什么时间开始融化的。他支吾半天,也没有说出一个令我满意的答案。后来,他开始滔滔不绝地向我谈论某一种山货的价格。

一路上,没有人知道我手里紧紧地攥着一滴水,我能感觉到它的存在。我知道只要我一松手,它就会变成一只鸟儿飞走,飞向群山。

而我的打算是把它放回河流之中。

采桑葚的盲童

乌乡之所以吸引着我数次光顾,是因为这里散发一种特别的气味,让我呆立在原地,可劲地吸鼻子。初次来时,先自一愣:"什么味道?"脑海里闪过几个词组或意象:腐败的花草,烂木头,坠落在地的野果,雨滴在谷垛上洒了一层薄水,狗来过,麻雀来过,炊烟和月光来过。

但数落半天,最终摇头,觉得都是,却又不够准确。一直到第二年,乌乡一个养桑蚕的女人叫冬嫂的,说镇子上空飘荡着的,是蘑菇和桑树在阳光下发酵后的混合气息。我一愣,表示首肯。

在整个乌乡,冬嫂应该算个狠人。记得那一次,我刚进镇口时,见一个女人站在一片桑园前,手提一只特大号"二踢脚",正笑嘻嘻地将其点燃,捻子在她手里哧哧地冒火花,极惊悚。待将要燃爆时,她把手里的"炮弹"熟练优雅地放飞了,一支箭完成了金蝉脱壳。只听空中爆出"嗵——哒"两响,两组美丽的焰火自由绽放,山呼万岁。声音传出去,激荡人心,远山、林带都一阵骚动。"二踢脚"在完成使命后,碎纸屑纷纷扬扬,飘落到桑树枝上。她站在原地拍着膝盖,咯咯大笑,肆无忌惮,又像是在和什么人赌气。

到了朋友的山居,先喝松针茶,我向他说起此事,朋友笑起来,说:"哈哈!那女人是冬嫂,她用'二踢脚'驱赶盗贼,这招数只能吓一吓熊孩子。真正的盗贼可不吃这一套。"

朋友说起冬嫂来,眉飞色舞,大意是这个女人身上的故事多多,可以做写作的素材。这个冬嫂啊,开过油坊,卖过豆腐,采过草药,种过林下参,在工地上扛过水泥袋。现在日子好过了,她在镇上承包了五十多亩桑树,养蚕和酿酒,有些名气。

可惜的是,行程匆忙,第二天一早,我便离开了乌乡去草原采访,只能与传说中的冬嫂擦肩而过。

第二年暮春,我再来乌乡,这次终于和冬嫂认识了。朋友说冬嫂性格敞亮,脾气火暴,说话直率,但她人好,刀子嘴豆腐心,这是典型的白山乌乡人性格。"其实呢,她的心比豆腐还软,软得一塌糊涂。"朋友说。一边给冬嫂打电话,约她晚上来一起吃酒。听得出,冬嫂答应得爽快。

冬嫂说:"我带几瓶桑葚酒,让你朋友尝尝。"

当晚,冬嫂来了,模样与去年几乎没有什么变化,单是清瘦了些,眼睛很亮,里面的两颗瞳仁,灵动忽闪,似乎含着笑意。看得出,她精心打扮过,化了淡妆,描了细眉,身上散发一股淡淡的草香气。不过,她的手指关节不小,手背有阳光咬啮伤害过的痕迹。另外,她穿一双黑布鞋,牛仔布裙子上绣着两朵小红花。

那一晚,我们居然喝掉了三大瓶冬嫂带来的自酿桑葚酒,说笑声传出好远,惊起一阵狗叫。冬嫂说这是桑葚原浆——果然有一股浓郁的桑葚子味道,令人联想到甘冽的山中清泉。口感太好了太好了,我一路称赞。就这样一时大意,多贪了几杯,结果大醉。当然,致醉原因,与冬嫂的好酒量有关。一通闲聊,我才知道冬嫂是个寡妇,带着一个不满十周岁的女儿生活。她的丈夫是怎么死的?我忍住没问,怕牵出一堆伤心往事,破坏了气氛,把酒喝成了郁闷或吐槽。我向她提起"二踢脚"的事儿,她不好意思起来,解释说"让您笑话了呵"。原来,冬嫂此举纯属无奈,实在是有些乌乡人不讲究,嘴太馋,手脚也不太干净,见啥拿啥,被她抓了现行呢,对方耍赖,会摆烂:"嘿嘿,冬嫂,俺以为这是没人要的东西呢。"

有的老光棍汉子,还会趁机揩油,伸出咸猪手拧她的脸蛋儿,朝她丰满的胸脯抓上一把。这可把冬嫂气坏了,抄起一根桑树棍子,朝那人就劈,边追赶边爆粗口。我开玩笑,问冬嫂是怎么骂人的。不料,冬嫂借着酒劲,张口就还原了一句东北粗话:"你个嘎杂子琉璃球,虎X哨子!"一边笑得前仰后合,倒弄得我虚伪地害羞了半天。

后来,酒劲上头了,我断了片,以至于冬嫂是何时走的,我们又是如何散场的,统统失忆。只记得半夜时分,我从昏睡中醒来,盯着屋内的摆设愣怔良久,是乌乡特有的气味让我清醒过来,才明白了身处何地。我下了床,趿拉着拖鞋,拉开屋门,走到院子里,看见满地的月光在爬行,听见虫子在瓦下演奏一支起伏的怀旧的乐曲,而远处火车摩擦钢轨的声音,让我打了一个激灵。

这是在一个梦乡里吗?不,这是梦乡的下半夜。

最难忘的是第二天,我与朋友如约来到冬嫂的桑园,冬嫂早已在桑园外等候,栅栏外摆了一个小木圆桌,盘子里盛满了各种乌乡小吃:大松子,葵花子,红皮花生,还有甜晕喉咙的香瓜。落座后,冬嫂朝桑林深处喊叫:"鸟儿——鸟儿——"

朋友说,鸟儿是冬嫂女儿的乳名,大名叫胡蓝子。此时,鸟儿正提着篮子采摘桑葚。朋友起身:"我去接她。"

听到妈妈的喊声,不远处响起一个童稚的回声。过了好久,才看到一个瘦瘦的女孩挎着篮子,深一脚浅一脚地走来。我远远地凝视着她那一张充满稚气的脸颊,看到她的眼睛像镶嵌上去的两粒黑宝石,一动不动。

门廊物语

门廊的用途时常被人们忽略,觉得它可有可无。说起来也合乎逻辑,因为院墙和木门才是连接点,无端地多出一截两米多长的门廊纯属画蛇添足。

我曾经在西北沙漠地带见过一些简陋的门户,推门便是宽敞的院落,让人感觉没有过渡,好像一脚就踏进了一幕短剧,剧情刚开始其实就结束了。院子的主人库尔班大叔说,他们这里在建造屋舍时不考虑修个门廊之类,由于风沙太大,门廊容易存土。十年前的那个春天,大风刮了三天三夜,门廊被堵得剩下一个窟窿,害得他像一只地鼠那样爬出来,东瞅瞅,西看看,一脸蒙圈。他在院外转悠半天,发现整个屯子都被沙土掩埋,四周空无一人,牲口棚和拴马桩都不见踪影,树枝光秃秃的,他仿佛走在梦境之中。

找不到牛,找不到骆驼,空中没有一声狗叫,天上也没有一颗星辰。他摸索着来到村外,发现整条河流被沙土吞噬了,河道里只剩下一点点水。他找到一只瓦罐,费了很大劲才盛满了一罐水。当他在第二天又来到河边,发现那一点水早已蒸发殆尽,而他就凭着昨天取到的这一罐水,渡过难关,活了下来。说着,他举起右手给我看,我立即小吃一惊:为了找水,库尔班大叔的手在沙土堆里用力扒挠,食指与中指的关节坏掉了,它们无法正常弯曲,颜色呈黑褐色,这是灾害给人留下的礼物。

在沙漠里游走的日子,我时常遇到一些缺胳膊少腿的人,要么瞎了一只眼睛,要么走路歪斜着身子,我凑上前与之闲聊几句,就会扯出线头那样扯出一串回忆——在长期的劳动与磨损中,他们忘记了许多往事,但却会把那个受伤害的日子记得准确无误。

风灾以后,库尔班大叔拆除了门廊,甚至还拆除了木门,让屋舍简单到一目了然,哪怕风沙掩埋到窗台,也不至于要从门廊里爬出来。他家的房子像一座中世纪的古堡,这样的房子住进去感觉踏实。如果一个人从沙漠地带远远走来,会觉得这户人家朴实牢稳,值得信赖——写到这里,我想起与库尔班大叔已有多年不见了,不知他身子骨是否健朗。让我无法忘怀的是,我在他家吃过手抓饭,还吃过沙葱炒蛋。当晚,还在他家的西仓房里住了一宿,听了一夜耗子咬粮囤的声音。我记住了一个细节:库尔班大叔在沙漠里拾荒时,捡了一麻袋铁皮罐头盒子,堆放在仓房里,大多已经生锈,他却舍不得扔掉。起初,我以为这些废品是为收购站准备的,一打听才晓得错了——它们是库尔班大叔备来储水之用,以应对袭来的风灾或者雪灾。由此可见,一场自然灾害,会给人带来多大的心理阴影面积。

而乌乡地处白山深处,与沙漠的地理环境迥然不同,除了风俗习惯,甚至连一个小小门廊的用途都有本质区分。这让我瞬间验证了一个道理:一个地域与另一个地域存在巨大的差别,大到一个省份,小到一个村落。如果细加追究,可以推理到一个人与另一个人——这差别有的被处境牵制,有的被认知牵制,有的却被受伤的记忆牵制。

我来乌乡时刚刚立秋,但天气依然处于一惊一乍的暑热状态,只是一早一晚温度骤降,需要套上一件长袖的秋装。我那时尚年轻,还留着一头流浪青年的长发,穿一条被雨水洗得泛白的牛仔裤,肩上背着一只松松垮垮的蓝帆布包,内装一个手灯,一只指南针,还有水果刀、风油精,以及两听牛肉罐头,一瓶小二锅头。很明显,这是一位旅者穷游的行头。为了节省十几元钱,我是打算随时睡在荒野桥洞里的。

在乌乡的头一天,有些疲累,倒头在客栈里睡了一个长觉,醒来已是第二天的清晨。吃过简单的早餐,我顺着门前的河流散步,空气新鲜如露,白云悠悠。举头望见巍峨的山峰,一颗绿星似乎还未隐去,山溪在耳畔哗哗地响着。我留心观察乌乡的地理特征,凭借多年的旅行经验对眼前的一切做出一个判断,我发现乌乡几乎所有人家的木门都是敞开的,门廊深邃幽长,像半截隧道,一眼望不到院子里的物景。有的人家门廊顶上堆放着支棱的细柴，也有的门廊上站着几只鸽子或一只红毛公鸡。

我推门进入那户紧挨客栈的人家，顿时一股烟火气扑面而至，征得女主人的同意，对这家院落进行比较细致的拍摄——这是我深入白山进行生态考察的规定动作，手持相机，怀揣一个蓝色的大本子，里面写满了人、动物与植物的生存现状，当然还有一些旅途见闻或奇遇故事。总之，这一段生涯对我的写作至关重要。

眼前是一家典型的东北院落：木柴堆、谷草垛，几根白桦木横卧在院子的一角，偏房里有砖砌的炉灶，一口油亮的大铁锅是主人饮食口味的佐证，被烟熏黑的墙壁上，挂着各种炊具。主人是一位面目和善的老阿姨，她把整个家收拾得井井有条，干净整洁，院子里一株开花的石榴树十分养眼。她告诉我说，一大早，男人去白山采药材去了，什么车前子、蒲公英、白灵芝、野天麻、石韦草、刺五加、桦树茸之类，这是整个家庭中一项重要经济来源。这些东西采回家，也不必花时间进行刻意加工，拿到集市上就能变现。

人们越来越喜欢原汁原味的东西，这是自然赐予人类的福利。

最后，我在长长的门廊里留心观察了好一阵子，觉得这家人的门廊颇有特点，简直打理得像半个会客厅——门廊里摆放了一张双人沙发和茶几，一面墙壁上的凹槽供着观音像、财神爷、根雕和石雕,还有一坛人参酒。老阿姨说,她家老头子时常在门廊的沙发上睡觉,原因是有一年白山一带暴发了山洪,他们家的木门被洪水冲走了,房子也被冲塌,而石头砌的门廊却留下来,门廊上写有"五福临门"的牌匾也没有损毁。男人至今心有余悸,觉得砖瓦建造的房屋也不结实,琢磨半天,还是门廊可靠方便,如果山洪再度袭来,推开门就可以逃生避难,动作快点的话可以逃到山外。

老阿姨说,别说门廊了,家里任何一样东西都貌似不起眼,也谈不上值钱,但过日子样样有用,少了一片树叶也不行。当天夜里,我在本子上记下一句话:

"在乌乡,连一片树叶都没有多余的纹路。"

乌乡的行当

在乌乡,除了采集和种植,来钱快的活路不多,从前是狩猎,现在是养蝎子、蜜蜂、林蛙和野猪——茂密的林中有一处处养殖场,步入其中,会遇到弓身忙碌的饲养工,他们头戴遮阳草帽,或者身着野外作业工装。当然,较之野生采集,培育养殖出来的东西价值要大大降低。

从前,乌乡曾经活跃着一支狩猎队,他们在林海雪原中穿梭,练就了一身本领,他们从乡人嘴里获得了很多赞誉,也获得了让人拍案叫绝的绰号,什么"东北虎""雪里钻""草上飞"之类的,但随着时光的推移,狩猎行业没落了;很快,聪明的乌乡人完成了升级转型,组建了一支采参队,结果又成功了——采参让一部分人成名成家,成为乡人口中的一个人物。数年过后,野山参被开采得差不多了,采参队员们时常在森林里寻觅数日一无所获,以至于看花眼的乌龙事件频繁发生,令人啼笑皆非。这是大自然在与人类开玩笑,被捉弄够了的人们,只好两手空空地归来,休整反思,寻找新的行当。

"做不下去了,收摊子回乡吧。"一个个曾经炙手可热的行当,就这样消失衰落。

眼巴巴地凝望天空,从黎明等到黄昏,新的行当却迟迟不肯显现,但每天的日子却依然滚滚向前,具体而琐碎。无奈之下,人们只好重操旧业,拾起了丢弃多年的旧行当,咂摸半天,还是接地气的手艺牢靠。在那一个时期,乌乡的街道上几乎是一夜间冒出许多作坊,分别是裁缝店、榨油坊、豆腐坊、包子铺、铁匠铺、棺材铺……各种传统的老行当卷土重来,叮叮当当,把乌乡从沉睡中叫醒,往往天还蒙蒙亮,烟囱就以冒烟的方式开始了一天的劳作——炊烟里弥漫着一首首悲怆的老歌。

人们发现,来乌乡旅行的人渐成规模,饭店和客栈的生意开始红火,迎来一波又一波流量。那些柴窝里的鸡鸭,木栏里的牛羊,河道里的鱼,以及山脚下的野味,都在快速减少,大批量地填充了外乡人的胃囊。在乌乡人眼里,这些外乡人的突出特征,就是口味较重,吃相也不够雅,除了经典的蘑菇炖小鸡、酱大棒骨外,乌乡人不敢吃的东西他们统统可以拿下,如麻雀、豆虫、蛐蛐、蟑螂、蚂蚁等等,乌乡人用夸张的语言形容:"啧啧——这帮子人到了咱乌乡,眼睛瞪得像车灯,张着一副大马猴嘴,抄起筷子,把七盘八碗一起打包,直接往嘴里胡塞,真是见啥都馋!"口吻虽带讥讽,其实难掩自豪与喜悦。

乌乡的蝎子个头肥大,通体浑圆透明,其尾部发出一种嗞咝的声音,像超声波,老远就能听到。乌乡的山蝎很快远近闻名,专家说其口感和药用价值皆在高妙品质,远方的商人慕名而至,与乌乡人签下订购合同,拿到城里去卖一个高价,实现互惠。一个地方因为盛产一只小小的生物,会改变这个地方的风水走向,这话不是没有道理。乌乡人正找高人策划,打算把蝎子做出名堂,全力打造"山蝎之乡"。

果不其然,游客们很快盯住了乌乡的野生蝎子,一盘油炸山蝎,成了餐桌上的招牌菜。一时间,乌乡的山野间出现了庞大的捉蝎队,人们手持自制的铁钳、小镊子,搜遍山中的石缝碎草,翻开潮湿的瓦砾,进行地毯式搜索,将一只只肥大透亮的蝎子从藏匿处夹出来,放入玻璃瓶,倒手卖给乌乡河畔的一溜子餐馆。生活在处处摩拳擦掌,人们似乎看到了一个新行当在乌乡出现,尽管捉蝎的过程中,一些捕手被蜇得吱吱哇哇,有人甚至还为此丢了性命,听说上级已经针对捕蝎事宜下达了叫停令,对野生山蝎作出了保护规定,但人们会趁黑夜偷偷进山。

那一天,我参加了一个乌乡青年的婚礼,在喜宴上人们小声说话,似乎喜事中混杂着感伤的基调,新郎母亲的表情也郁郁寡欢。小心打听,才知道这家男主人在一周前刚刚离世,三天前办过葬礼。而婚礼早在一个月前就通知了七姑八姨,找阴阳先生掐算好的日子也不好更改。青年的父亲正是一位捕蝎高手,据说那日黄昏他遇到一只罕见的大蝎,够得上蝎子王级别。其父在捕捉过程中摔跤滑倒,那蝎子甚是凶猛,趁机上来就是一扑,蜇伤了捕手的左腿,整条腿很快黑了。入夜,人们找到捕手时,他已经昏倒在草丛里不知过了多久,毒液已经游遍全身。

喜宴上,端上一盘油炸蝎子,人们三下五除二就扫荡光了。我当时从心头萌生一种奇怪的感觉,觉得此种速度,明显带有复仇的意味。

写给草籽的信

在孤独的旅途中,远离了市声的喧嚣,每天抬眼看到的是蓝天白云、山野和道路、草原上的花穗和一个个水泡子湖。常常,我在一望无垠的大草甸子上躺下来,盯着天空的飞鸟和大雁呆愣好久,嗅着阵阵草籽的清香睡去,醒来已是满天星光。离开居住地,故乡渐渐走远,这一走就是一年之久。我是因为遭遇到一点不愉快,赌气离开家的,当时只有一个简单的念头:离开这个令我讨厌的小城,离开七嘴八舌的流言蜚语,随便到一个地方都可以呼吸到一缕新鲜的空气,哪怕死在外面。最初,我的流浪方式是徒步加骑行,遇到阴雨天气偶尔搭个便车——马车或三轮车都行,这样可以和当地师傅聊聊天,接收一些外部世界的信息。到了后来,我对枯燥的旅途突然萌生了厌倦,一度想撤退回乡,但又顾虑重重,觉得这样草草结束会遭到故乡人的耻笑。人生中有些决定,需要再等一等,再观望观望。记得,我把山地车送给了草原上一位叫巴根的牧民兄弟,改由乘车前行,这样一来,花费是多了,囊中愈发羞涩,但相对安全。住在散发着柴草和煤烟气味的简陋客栈里,也有充足的时间思考和记录。

最难抵挡的,是寂寞不时袭来,像小虫子咬啮玉米秸秆那样虐心,而对于故乡和亲人的思念愈发围堵胸口,很快宽宥了与之发生的那些冲动争执、简单粗暴的处理方式,剩下的全是美好过往,一个细节,一句话,甚至一个温和的眼神,都让我热泪盈眶。

那一天,在荒凉的小镇上,我突然找到一个排遣的出口——给故乡的挚友们写封书信吧,随手寄上一张明信片,盖上邮戳发走,心里想象着他们拆开信的样子,感觉眼前的一切豁亮透明了许多,好像压迫在心头的一块巨石被移走。

我把一封封书信通过镇上的邮局发走,并不祈望得到友人的回复,因为我是一朵漂泊的流云,居无定所,即便有回信也要辗转数日才能收到。当时,还没有网络更没有微信朋友圈,联系全靠书信传递,绿色的邮车沿明亮的乡村公路穿梭。一年多来,尽管我没收到过一封回信,但想到朋友能够收到我的祝福和牵挂,就有一种幸福感涌上心头。

再后来,我给身边的景物写信,比如给一株白桦树、一头梅花鹿和一幢被废弃的旧农舍写信。至今记得,我给秋天的草籽写过一封信:"亲爱的草籽,怀孕的草籽,愿你来年春天生一群孩子,棵棵都是好样的。"

霜降夜

白露过后,乌乡的风里平添了寒意。早晨醒来,阳光刺眼,推开栅门,发现脚下的草叶上布满晶莹的霜雪,薄薄的一层,把路边的花打蔫,桦树的枝条似乎萧索了些许,树身上的一只只眼睛长出了睫毛。无意间仰头,但见几粒寒星正在向山顶以西的方向悄悄隐遁。镇上某一户人家屋顶上的烟囱,已经开始忙活,突突地冒青烟,烟柱是笔直的,上升到一米多高后遇到了风,才变得凌乱,像一块被扯断的丝绸。

有人说,乌乡的风里,流动着一股特别的味道,也只有亲临现场的人才能闻到。这种特别的味道让人难忘,在鼻间萦绕,以至于割舍不下,成了人们再来乌乡的理由。

我提着满满一大铁桶草木灰,把它们倾倒在大路边潮湿的水洼里。这是房东阿姨安排给我的任务——昨天晚上,我约了几个养桑蚕与种植薰衣草的农户到院子里攀谈,大家吃着草原黄膘烤牛肉,品尝着新摘的巨峰葡萄、黑色的冻梨,喝着自酿的桑葚酒,交谈内容涉猎宽泛,没有明确的主题,基本围绕农事收成、动物保护和挖掘过冬的地窖打转。当然,我最感兴趣的,是他们讲述过往亲身经历的事件,兴许口吻轻描淡写,但对我十分有用。一些亮点像阵雨打湿心头,渗入静夜植物的根须。我急忙掏出记事本,在马灯的光线下一一做了记录。牛圈在屋后,小牛犊不时制造一点骚动,从那里飘来丝丝淡淡的尿臊气,但这并没影响大家浓酽的谈兴——叶子稀疏的板栗树梢上,始终挑着一弯残月。

聊到十点多钟时,霜降开始了,夜幕陡然拉向纵深,只听得周围的芦苇秆在瑟瑟作响,白桦树枝在轻轻摇动,我身上很快起了一层细小的鸡皮疙瘩。这时,善良的房东阿姨送来了羊毛毯和羊毛披肩,以抵抗霜降带来的微妙变化。

"天要落露了,大伙儿小心着凉。"她说。

阿姨端来一小筐被冰冻过的无花果,果子个头大,已经在冰柜里冻成了一只只小冰球。阿姨从厨房提来了铁皮桶,点燃了软草和木柴,很快就将冻浆果烤软了,冰碴子化成了水,杂糅着果实的汁液。取一只放在嘴里,觉得冻过后的无花果有一股山柿饼的味道。少顷,桌上又摆满了甜点美食:大列巴面包、哈尔滨红肠、咖啡、奶茶、干果仁,还有烤得香喷喷的草原红糖焙子,吃得大家直打饱嗝。

这是一个特别的霜降夜,让人感觉到生命与节气之间发生了某种密切的联系,有很强烈的体验感。从这个夜晚起始,我正式走进乌乡人的生活，自此与之呼吸同一种空气，吃一锅同样的黑米乌饭，喝新碾的大糙子粥。我并不觉得自己与乌乡的人和动物有什么不同，我们是对等的。他们在日子的艰辛面前所持有的积极态度，和对幸福目标的追寻姿态，都让我感同身受，嘘唏或喜悦。如果可能，我愿意做乌乡山野中的一株树或一片霜冻的叶子。

我还记下了泼哧燃烧的松油灯，灯下的笑脸，火中明亮的瞳仁，以及整整一个晚上，都在谈论一个接地气的话题指向——如何与枯草丛中的野物们一道，度过暴风雪即将来临的严冬。需要粮食、木柴、胡萝卜和大白菜，需要棉衣棉被，需要一只大火炉。哟，对我这样长年奔波的外乡人来说，这是一个多么难忘的夜晚。

早晨的光线重叠移动，越升越高，把山脉的阴影投射到地面上。我手扶栅栏，将空空的铁皮桶放回到了板栗树下，却见房东阿姨的小儿子背了行囊，走下台阶，似乎要离乡远行。阿姨从灶间走出来，腰间系着粗布白围裙。她搓着手，一边抬手拭泪，脸上难掩担忧和凄惶的表情。

她的小儿子目光淡定，飞快地走出院落，又回过头来朝我们挥手笑笑，然后大步踩过路边的草木灰，在阳光下缩小成一个移动的墨点，在远山的背景下渐渐消失。返回屋内，我以树墩做书案，在稿纸上飞快地记下一句话："霜降后，一些植物枯萎，一些事物到来，一些人又把双脚踩在了泥泞的路上。"

乌乡哲学之一

最可怕的还是偷袭的山洪,往往趁黑夜俯冲而下,而乌乡的人们却正在睡眠,一根驱蚊子的草绳还在土墙的一角燃烧。但牲口们没睡,那些猪啊牛啊,它们在静谧中听到了一阵流水声,这声音不同于往常——正常的水声是宁静内敛的,像潺潺流淌的小夜曲,一片叶子仰躺在河床上,它在观察月亮和星星,侧耳谛听着大地的呼吸声,以及河岸上细草和虫子的浅吟低唱;它听到乌乡的人们在谈论农事与节气、婚丧嫁娶之类的话题。而山洪的暴发,往往起源于一场瓢泼大雨,劳作了一天的乌乡人对此浑然不知,甚至窗外一阵阵急促的雨点声也没能把他们从睡梦中吵醒。就这样,山洪在雨声的掩护下悄然而至,冲塌了镇口的老土地庙。

第二天一早,整个乌乡改变了模样,镇前镇后的大小池塘被水灌满,许多从山林里冲下来的木头被水浸泡,它们卡在河流之上的某一个桥洞口,白木头变成了黑木头。这些被水浸泡过的木头几乎派不上用场,不能作栋梁,不能打棺材,甚至不能搭建一个狗窝。

我十分惊讶于乌乡人面对大水淹没后的态度。暴雨过后,太阳照耀着一面面水做的镜子,鸟儿在柏树上唧唧鸣叫。女人们打了赤脚,手端一只木盆,在水边浣衣说笑,将宁静的水面搅乱揉碎,荡开一圈圈涟漪,而进水的屋子里,凉气四溢。水还没有完全退去,低处的积水没过了膝盖,但人们却不急不躁,似乎是有意顺应自然的法则。这让我想起几年前看到的一帧堪称奇特的外国摄影:一家四口人微笑着站在一幢起火的房屋前合影,身后的火苗越来越高,全部家当都在这场意外的大火中焚烧殆尽。父亲望着安全撤出的家人,欣慰道:"这是住了十多年的家呢,合影留个纪念吧。"于是,就有了这样一张与众不同的全家福。

我不知道有多少人看过这帧照片,是否和我一样生发过感慨。我只知道自己在这帧照片前呆愣良久,被照片中折射出的一种生活态度深深震撼。在我的认知中,灾难是事物的立体呈现,是一种客观存在,无须遮掩与粉饰,恰如白天的背面是夜晚。但畏惧或哭泣毕竟于事无补,生活似乎不怎么理睬抱怨或悲伤。而这幅摄影中的一家人,却在废墟之上种植了一丛玫瑰,火的玫瑰,它让人有了舍弃与建设的勇气。

山洪过后,镇上有个叫瘦脸刘二窑的人,迅速组织了一个救援小分队,开着船打捞河道里的木头和碎柴,把它们拉到后山的草场上去。他要把这些被水浸泡得糟朽酥软的木头进行加工利用，在上面挖一个个凹槽，制作耳床，撒上菌种，让这些腐烂的木头变成木耳和蘑菇养殖基地的重要原料。刘二窑的人生态度，多少代表了乌乡人的达观哲学。

与照片上的故事略有不同，乌乡人拥有惊人的变通能力，无论地上长的还是天上飞的，几乎没有一样无用，他人眼中的废料可以点石成金，变废为宝。这是在长期的劳作中积累的智慧与经验——一棵大树被锯断，树墩子被挖出来，改制成一张圆桌用作会客；屯子里的养猪场废弃后，被某个有心的年轻人改造成了一个"烧烤园"，吸引了大批食客；附近山里的洞穴更是被充分利用，没有一处荒废……这其实比舍弃更为宝贵。

有关瘦脸刘二窑的资料，我知之甚少，听说他是土生土长的乌乡人，会唱二人转，会拉二胡，偶尔讲个骚段子，喜欢在餐桌上默默地喝一杯烧酒。他不吸烟，爱穿老母亲做的纳底粗布鞋，夜间在草尖上走路轻飘飘悄无声息，有如古代一位行走江湖的轻功高手。据邻居大老郭对我讲述，刘二窑是个有怪癖的人，最大的特点是不爱搭理人。若是遇到镇上的人迎面走来，出现与之撞脸的场面，刘二窑会目不斜视，与人飞快地擦肩而过。那人转身，望着刘二窑的背影大声呼叫："刘二窑！刘二窑！"嗓子喊破也得不到应答。

刘二窑早已跨过一座木桥，涉入野地，像一只黑色的蝙蝠呼之欲出。

四姥娘的夜路

在乌乡一带,经四姥娘的手接生的孩子多得数不过来,无论在山脚下屯子里还是犄角旮旯,一不小心就遇上了。那年月,山里人穷,加之白山早年间闹过土匪,民风彪悍,人们走夜路提心吊胆,害怕遇到劫路贼。尤其是到了年关,这种事时有发生,有一次,就让四姥娘遇上了。月光刺眼的冬夜,四姥娘接完生,从另一个屯子返回野鹰岭,她快步疾行,很快抵达岭前,然后抄小路涉入低洼地,前边是一座残破的石桥,石桥外是结冰的小河,还有几株古松树,在月光下投射一团暗影。四姥娘老远就感觉到有些异样,似乎听到窸窸窣窣的动静,像枯草里有一只爬行的松鼠。果然,率先跳出一个小蟊贼,尖细着嗓子吐出一串话,大意是让来人留下买路钱,然后各走各路,蟊贼手里挥动着一根木棒。

四姥娘长得人高马大,走夜路也爱嘴里叼着根烟管,远远地闪一丝星火,伴随咳嗽声。她说话也是一副男人样沙哑的粗嗓门,她在少女时代曾经在乌拉盖草原做挤奶工,和男人一样干苦力活,甚至还和一头小狍子摔过跤,把小狍子摔得四仰八叉,她可真不怕几个山间蟊贼。四姥娘咳嗽了一声,从肩上的小卫生箱里掏出剪刀,自顾前行,一边先发制人,破口大骂——骂的都是白山乡间最粗俗的脏话,是专门对付侵犯者的犀利词汇,直取七寸,在此不便复述。四姥娘向蟊贼步步紧逼,蟊贼手举大棒,步步后闪,却也不敢下手;四姥娘右手里的剪刀在月光下寒意四射,她是多么痛恨人世间的恶念,在她看来,哪怕这恶念发自大脑瞬间的一闪,但错已注定。围追撕扯之际,小蟊贼吹了一声口哨,四姥娘恍惚看到一个黑影从树后斜插过来,黑影哇哇怪叫,企图抱住她的后腰,四姥娘机警一闪,就势弯腰伸腿,黑影被绊了一跤,"哎哟"一声摔了个狗吃屎,四姥娘朝那厮又是一脚踹去,手中的剪刀逼近一张苍白的脸庞,打算给他破相,只见那家伙全身发抖,哆嗦着两手,像是抽了羊角风一般,而另一个小蟊贼早已逃之夭夭,不知去向。

四姥娘在旷地上抔着腰,冷笑道:"就凭你们这点本事,还敢拦路劫财?哈哈!"话音刚落,四姥娘瞅一眼脚下的一团东西,发现了异样,从棉袄里掏出手电筒拧亮,光线照向那人,不禁暗唬一跳:娘哎,原来是个半残疾人,正歪着脑袋全身发抖哩!"仙姑……饶命……"他蜷缩成一团,上气不接下气,吃力地从嘴里发出一句话。

四姥娘见状,心先软了下来,又害怕有诈,厉声问道:"你是谁家的孩子？为吗年纪轻轻的不学好？"那人支吾半天，四姥娘没听清楚。"什么？后山谁家呀？你爹叫啥名？"

在四姥娘追问下，蟊贼才不情愿地吐露出身份："我爹……是后石沟的石匠，叫李铁头。"一听李铁头的大号，四姥娘"扑哧"笑出了声，高嗓门响彻寒冷的夜空："小兔崽子，你今儿个算是抢对了人哟，你爹娘是我做的媒，你小子是我接的生！怎么，你不信？那就听我掰扯掰扯——"四姥娘连珠炮似的数落那厮的家境，连他家十年前养的几只羊都分毫不差，因为他家的羊是四姥娘帮着从内蒙古的朋友处贩来的。那人听了，惊呆地张大嘴巴，口里呼出的气息迅速被空气冻僵。紧接着，四姥娘道出一个惊人的秘密，更是让他无地自容："你生下来是个'偏偏头'，医学上叫软骨病……对了，你只有一个卵子，男人裤裆里的那玩意儿也没长全乎……"

"哎呀！"那人捂住脸，羞愧得抽泣起来，朝四姥娘跪下来，磕头如捣蒜。"仙姑，不，姑奶奶，恩人哪，俺是实在揭不开锅了哟，半年前爹娘都不在了，俺是头一回……"

"来，孩子。"

不等对方说完，四姥娘已经什么都知道了，她从肩膀上取下小木箱，动作麻利地打开箱盖，从箱子的内夹层的一个布袋里取出一块手绢，手绢里包着二十多元钱，全是面额一角两角或一元的碎票子，还有十几枚硬币，在黑暗中摩擦出微响。那是她在白山跑了十几天的辛苦钱，见对方坚辞不受，四姥娘只好硬塞进他怀里,才起身离去。

推门进家,听到男人的咳嗽声,男人问了一句:"回来了?吃饭了没?锅里有粥。"

四姥娘只是"嗯"一声,没有正面作答。默默进了卧房,用火柴点亮油灯,抄起竹皮水壶,用温水洗了把脸,拿干毛巾擦净。她盘腿坐在火炕上,回味着晚上发生的一切,点上烟袋,心头被阴云笼罩,半夜没有合眼。

窗外沙沙作响,雪又下开了。

第二天中午,四姥娘踩着积雪去了一趟后石沟,给偏偏头送去了一袋磨好的新苞米糙。从乌乡镇到后石沟,有近二十华里路,四姥娘的围巾和眉毛上都沾满了霜雪。

最后的猎手

乌乡彪悍的民风里有一种特别的气质，人们敢说敢做，敢爱敢恨，直筒子性格一点就着。在外人看来，这里的人翻脸比翻书还快，因此不那么好欺负，打起交道来不能虚头巴脑。乌乡人的典型性格就是直率，不藏掖不苟且，也不会耍泼摆烂，人们都习惯摆事实讲道理。遇到不公平的事情并不隐忍，而是当面揭穿，把话挑明，给对方难堪。但恰恰乌乡人又很要面子，受到难堪的一方觉得下不了台面，竭力辩驳，这构成了吵架的主因。吵完架，陈述了个人诉求，第二天就翻篇遗忘，双方各自让步，和好如初恢复关系，也不会留下丝毫嫌隙，这是乌乡人最可爱的一面。

镇子上有一个挂拐杖的瘸腿老头儿，人们唤他狍叔的，对我讲述了这样一件事：有一次，他和屯子里的一个发小刚吵过架，还没来得及和解，当晚接到一个口信，是狍叔的老舅死了，他连夜去山外的屯子里奔丧，忙碌了三天才回乌乡，巧合的是，一进镇口就遇到了发小在集市上闲逛。由于狍叔早把吵架的事忘到脑后,便主动上前亲热地打招呼,发小表情疑惑,不太自然,支吾了两声,狗一样夹着尾巴匆匆地逃走了。狍叔回到自家的土炕上,反复回味,才想起吵过的架还没和解,顿时脸上一阵发烧,直接麻了半张脸。中午,他提了一瓶好酒径直去了对方家中,进门闻到一股肉香气,只见对方正倚门而笑,原来早已摆好了一桌子酒肉,只等他的到来,二人默契落座,喝到最后,抱头痛哭。自此,成为至交。

狍叔年轻时以打狍子闻名乡里,他猎获的狍子曾经堆满了院子,狍叔会把狍子肉分享给乌乡的近邻,把狍子皮做成褥子,到集市上换钱糊口。在当时,猎人是个很体面的职业,比干其他行当来钱快,因此狍叔吃穿不愁,又是一人吃饱全家不饿的老单身汉,在整个乌乡,他的日子是好过的,不知怎的,他始终没有娶老婆成家,这又让人觉得狍叔有些古怪。

后来,随着猎物的增多,狍叔成了远近闻名的富人。人一出名,就很自然地出现一些不愉快的小插曲,诸如有人借钱不还啦,遭遇小偷小摸啦之类。其实呢,狍叔没有人们想象的那么有钱,他依旧过着普通的日子,一日三餐都要计划着不要奢侈浪费,人们的索取和嫉妒让狍叔感觉不悦,又有苦难言。而他本人的品性,又让他不忍与乡亲们伤了和气。于是,在那位发小的劝说下,他在山林里盖了幢茅屋,索性远离了乌乡的人们,只是偶尔回老屋取些东西,平时就居住在山林里,周围也没有邻居,偌大的林间空地上,就这么一幢孤零零的猎人屋舍,被风吹得东倒西歪。为防止遭遇不测,狍叔在屋子的周围布下了许多机关,养了一条黑色猎犬,还自制了几颗土地雷,埋在一个土沟处。

随着时代的变化,狩猎行业渐渐萎缩,走向没落,乌乡镇上的猎人纷纷改弦更张,狍叔成了镇上的最后一个猎人。每天,他怀抱猎枪在山林里转悠,饿了就吃一只野山果,渴了掬一捧山泉水,困了就背倚一棵大松树入眠。

一日,狍叔在捕获野狍子时,无意中打死了一只狼,这并非所愿。他跑到杂树丛里捡起猎物,见是一只年轻的母狼,好像刚生产过,正在哺乳期。狼脑袋被霰弹打得开了花,剩下了半个。狍叔站在暮色中呆愣半天,深冬的风让他不寒而栗,他的心头泛上阵阵不安。狍叔之所以被人唤作狍叔,是因为他基本是个猎狍子的专业户,别说狼,他苛刻到连野鹿都不肯打一只。而眼下,他却误打误撞地要了一只狼的性命,还是一窝狼崽的母亲。他思忖良久,决定把狼就地埋葬,筑起一座小小的坟丘,又做了一番祭拜,口中念念有词地烧了一堆纸钱。

此后,他忐忑了几日,见一切如常,什么事也没发生,才渐渐放下心来,恢复了正常的狩猎活动。狩猎之余,他还到结冰的河里捕鱼,砸开厚厚的一层冰,把地笼网下入冰窟窿,第二天收网。这样,他小茅屋的烟囱里,除了冒出一股肉香味,还夹杂着阵阵鱼腥气。眼瞅着,下过两场暴风雪,乌乡的春节就要到了,狍叔开始着手准备年货:土猪肉、黏豆包、炸丸子、灌血肠、冻豆腐……

这天晚上,北风呼啸,大雪徐徐降落,森林里响起了各种可怕的声音。狍叔半夜被惊醒了,突然,他听到有人在敲击窗棂,敲得很急迫:砰砰砰,砰砰砰。狍叔掀开围在窗户的防寒毛毡,隐约看到窗户上有一张扭曲变形的脸,似人似兽。他被唬了一跳,急忙从火炕上抄起猎枪,哗啦一声把子弹推入枪膛。

"嗨,小开!是我。"

这时,窗外响起一个熟悉的声音,他在心头掠过一阵惊喜,立刻判定是发小来了,因为在整个乌乡,只有发小直呼他的乳名。他把枪扔到一边,翻身下炕,迅速拉开门,朝外大喊:"快进来吧!"

风雪呼啸着吹入,他已经吸了一大口严寒的气息,呛到嗓子眼,凉气咽到肚子里。可是,却没有任何回音,他又叫了一声发小的名字,并且隐约看到墙角处有一个蹲伏的黑影,他朝黑影走过去,不料黑影却站起身来,把他向院子外引导,一直引向空地之外。他觉得奇怪,认为是发小在和他玩笑,搞恶作剧,但这是大雪天哪——"你他妈搞什么鬼?"他愤愤地骂道,便尾随发小快步前行,他想一把抓住发小的衣领子,把他像拎一条狗那样拎回屋内。

但当走到一片灌木丛时,发小的影子突然不见了。他立刻意识到了危险,全身已经被冷汗和冰水湿透。前方五十米外就是狼的墓地,他朝墓地的方向侧耳倾听,凭借二十余年的狩猎经验,判断至少有十几只狼在那里集合好了,吱哇乱叫。情急之下,他朝空中打了个呼哨,因为墓地相距茅屋不远,他的猎犬闻声来到了他的身边,汪汪地叫着,这让他急跳紧张的心稍稍放宽了些。但他独独没有带上猎枪,这是一个猎人在危急关头犯下的最致命的错误,因为一声枪响,就有可能把狼群吓跑。

在那个风雪呼啸的夜晚,腥气浓烈,十几只狼列队围拢过来,它们发出恐怖的嚎叫,幽蓝的眼睛像一片闪烁的鬼火。他亲眼看到自己心爱的猎犬被凶残的狼群撕成了碎片,连一根骨头都没留下。他趁机撤退,几次从雪地上跌倒又爬起。不料,在翻越土沟时他踩响了土地雷,炸飞了他的一条右腿。

而这颗土地雷,正是他本人所埋,这有些因果和宿命意味。

雪停之后,乌乡的人们把他抬回山下。此时,家家户户都在喜迎新年,在阵阵噼里啪啦的鞭炮声中,他的狩猎生涯也随之结束了。

如今,狍叔已经进入暮年,成了在镇口晒太阳人群中的一员。这些人从早晨出门,屁股下坐一只马扎子,双手塞入袄袖,喝水、吸烟,或陷入深深的沉思,似一群栖落在枝头上的乌鸦。如果中途没人来喊他们回家,这些人会一直待到天黑,直到落露。有人问:"狍叔,吃过饭了吗?"他会若有所思地点头:"嗯,吃了。"

其实,他锅灶冷清,根本没有回家,屋前堆放的柴火没有减少。自从那件事发生过后,他的胃口陡然收缩,一度丧失了味觉,每天勉强吃一点东西就感觉饱饱的了。远远看上去,他蹲伏在墙根下,像一只衰老的断腿蜘蛛,蜷缩着自己的胃囊。

火塘边的萨满

面目扭曲的巫婆披头散发,凭借一炷香火接通人世与阴间的阻隔,瞬间达成桥梁,进入另一个世界。她们从哆嗦的嘴唇吐出一串呜里哇啦的语言,皆是常人听不懂的咒语,诸如:

"天灵开,地灵开,妖魔鬼怪快离开——哟——哟!"

这是越南老电影《森林之火》中装神弄鬼的巫婆在祈祷的场面。看这部片子时我还不到八岁,而巫婆的形象居然能够穿越茫茫岁月,纪念碑般矗立,让我平生第一次对巫婆这一职业有了刻骨的认知——乡村场院,胶片滚动,她在黑白银幕中出现,带着遥远的信息,神秘而荒蛮。以至于多年过后,人们把电影的主题内容忘得精光,却依然能够背诵这句经典台词,它成了这部小制作成本电影的最大亮点。在整个成长过程中,我的脑海里都有巫婆的一席之地,我曾经无数次构想其在原始丛林中的生活,热带雨林,百兽啼鸣,悠远而缥缈,尽管巫婆的形象有几分可怖与狰狞,但我却像是中了圈套,甘愿被俘虏与引诱,步入她设置的陷阱,加入一场迷幻的狂欢。试想,当一个部落长期处于原始丛林,与文明社会完全脱离,那么精神世界的遮蔽成为必然,为消除各种恐慌,人们渴望预知未来,除了古老的占卜术,巫师搭建的仪式,便成了整个森林部落的圣坛。

多年之后,当我在乌乡林地遇到一位萨满后裔,她身上散发的气息令我感觉似曾相识,我在脑海里一遍遍搜寻,终于在一闪念间,巫婆的形象又从记忆中复活——她就像从电影里走下来一样,完成着惊人的复制。原本,巫婆是作为艺术形象而存在的,而在现实中居然有一个这样的翻版模型,让人觉得不可思议。

初次晤面,是出于好奇心,也出于对山林神秘文化的探究兴趣。那一天,由朋友引领,我们驱车进入萨满居住的村屯,一路上,朋友向我介绍了萨满的身世过往:其祖先在白山一带名气颇大,曾经有专门的供奉场所和祭台,像一朵繁盛之花,到了她这一辈,已经开始败落。祖祖辈辈,她的家族拥有一个共同的称呼:大仙。当年,在白山一带,"大仙"式家族可谓多矣,一度香火旺盛,人们遇到难解的困厄,大到婚丧嫁娶,小到修房建灶,甚至头疼脑热,习惯性求助于大仙的指路与开示。

自幼年起,她就接受了家族的传承与熏陶,一个铁的事实摆在眼前:他们的家族是鹰神转化而来,他们是天鹰的儿女,拥有通神的能力,通天神阿布卡赫赫。萨满具有一些天赋的本领:钻树洞,钻冰窟,会像猴子一样爬树,在树梢上跳舞,能赤足踩篝火,走刀山,滚荆棘,不怕风不惧雪,等等。冰天雪地,森林蛮荒,在极寒气候下生存的萨满部落,他们固执地相信自己的超常技能,生来便拥有拯救同胞的凛然使命。更有甚者,有的人认为自己的身份"半人半神",体内长有一双隐形的翅膀,这双翅膀会在紧要关头弹出,像汽车的安全气囊,保护其免于一死。为此,有萨满不惜以身体做出各种试验,从高高的树枝上做俯冲状一跃而下,但张开的双臂仅仅定格成飞翔的姿势,在完成与地面的对接时发出一声钝响,结果可想而知。但同样的试验似乎并未绝迹,仍然有年轻的萨满做着前赴后继的努力。

而我眼前这位名叫"吉布"的萨满,已经白发苍苍,她的面部沟壑纵横,多皱的脖颈上出现了赘疣和老年斑,但她却拥有惊人的记忆力,口头表达能力非凡。她滔滔不绝地讲述自己的人生过往,遭遇的事件,不漏过一个细节——她还活在昨天,对从前发生的事如数家珍,有极强的现场质感,而对当下的存在却视若无睹,仿佛眼下的人生,只剩下残余的时间,不值得认真对待。在某个瞬间,我一阵恍惚,觉得那一张轻轻嚅动的嘴唇,口吐莲花,就是一部活字典,一部森林博物志。

随着山林里发生的各种变迁,吉布已经在数年前金盆洗手,不再招揽萨满的生意。除了从她犀利的眼神中闪过一丝昔日的荣耀外,我已经很难猜度她终生侍奉山林的过往——她怀揣使命,在风雪中裹紧头巾,从一个村屯到另一个村屯奔波不停,曾经赢得山民的拥戴。那一天中午,吉布向我们讲述了十几个萨满故事,个个堪称精彩绝伦,散发古老的神秘气息。讲述过后,她突然变得沉默。她端坐在一个枣木圈椅上,显得瘦小而可怜,眼角流出两行浑浊的泪水。她掏出一块布手绢,轻轻擦拭。由于终生未曾成家,自然也就没有留下子嗣,在偌大的山林边地,除了做萨满,熟练背诵神本、唱神歌之外,她几乎没有任何其他谋生技能,不会种地,不会捕鱼,也不会采集药材和山货到集市上售卖,以换取活命的口粮。如今,她仅靠到林地捡拾蘑菇和乡人的帮助过活,围坐火塘,靠回忆往事打发一个个寂寥的长夜。她的小屋前堆满了干柴,但熏黑的锅灶显得冷清,为了节约,她一天只吃一顿饭。早年做萨满挣到的钱早已花光,如今她已经两手空空,身无分文,无儿无女,处境形同乞丐。作为一位出色的萨满,她曾经帮助无数山民渡过劫难,却唯独没能预测到自己的结局命运。最终,像一只辛劳的蜘蛛,悬挂在一张贫穷的网上展览孤寂的晚年。

那一天,我们掏出一点钱,向吉布略表心意,哪知吉布反应较为激烈,大声嚷叫,固执地拒绝——这是最后的自尊与坚守,让她与山林里其他的老人有所区别。我心生一计,最终以"付采访报酬"的方式说服了她。离开村屯的路上,我心情沉重,一路无话。

在第二年隆冬时节,我接到朋友电话,他说吉布走了,还算安详。村屯里的留守老人,以萨满的礼仪安葬了她——葬礼之夜,大雪纷飞。

雪地山狸

山狸子也叫猫豹子,学名猞猁。它是介于猫与狐狸之间的生灵,据说性情猖狂凶恶。它不像猫那般温驯,也没有狐狸的狡猾,但我遇到的一只山狸似乎不在此列。

春节过后,林区的天气渐渐回暖,河流开始融冰,尽管山顶和松树枝上依然积雪皑皑,屋檐下还有晶莹的冰挂。我回到乌乡的出租屋,行李刚刚放下,木门外便响起了一阵窸窣,接着是两声微弱的"嗷——嗷——"叫声。叫声比猫粗犷沙哑,像是猫患了感冒,声线都在低音区。"这是野猫吗?"我心里嘀咕,又一边摇摇头。

由于乌乡地理位置特殊,严寒格外漫长,这里的流浪猫很难挨过冬天,我在河畔散步时经常遇到流浪猫的尸体,有时是一只,有时是五六只。当然,山狸子的抗寒能力是超强的,它们可以在零下四十摄氏度的雪地里生存下来。

听到叫声,我拉开木门,那只山狸子却机警地躲到了矮树丛里。树丛里积雪茫茫,初春的阳光孱弱无力,根本照不化它们,我偶尔会用雪铲挖一块雪,放入几束松枝,熬松针茶喝,把水熬得绿中泛黄。我回屋,冲了一杯热羊奶粉,倒入一个瓷碗里;又打开一听牛肉罐头,把肉和奶端到草丛边。闻到羊奶味儿的山狸子,飞快地从树丛中探出身子,它大概是饿坏了,径直把头埋进碗里自顾吃喝,一口气将碗里的食物吃个精光。吃饱了,终于抬起头,用一种楚楚可怜的目光打量着我,流露一种求助式的眼神。

这是一只年轻的雌性狸子,毛色黄白灰相间,当地人俗称"三花"。大自然在造物时给猫科类动物施加了迷香,让它的体态和叫声里掺杂了销魂物质,把这只山狸子创造得十分漂亮,堪称妩媚,尤其它光滑的毛皮,纤尘不染,没有丝毫在荒野生存的凌乱痕迹。我慢慢靠近,蹲下身来,发现它的一只左眼有些上火,眼角膜上布满了血丝,右前爪有结痂的瘀伤。这说明它目前的生存处境艰难,需要人类的帮助。虽然山狸子处于体弱状态,却丝毫没有影响它整体的美感,如果梳妆打扮一番,妖娆相就有了。在一瞬间,我甚至怀疑这只山狸子并非纯种,是个"二串子",即野猫与狸子交配的结果。

我开车到了镇上,那里有专门的动物诊所,向兽医简单陈述,买了两瓶动物滴眼液。回到家已近中午,从鞋柜里找到一只胶皮手套,做好了治疗前的准备工作。喂食的时间到了,我在屋前屋后寻找半天,终于在一个枯草干沟里发现了它,只见它把头埋到身体里,全身微微抖动,正在专注地用舌头舔舐自己的皮毛,舔得认真仔细,好像闺房中的女子每天都要梳理自己的秀发。我心想,这小家伙为了自己不招人讨厌,也是拼了。

我把小瓷碗端过去,它的嗅觉超级灵敏,立马就闻到了肉香味,小心地抬着一条前爪走过来,凑近食物,头埋进碗中,细致地吃食,这次是两条鱼,半杯羊奶。我戴着胶皮手套,趁它专注吃东西,对它说关心的话,哄它放松戒备,一边伸手去抚摸它。当触摸到它的脊背时,它本能地哆嗦了一下,但并没有躲闪。我顺势把手伸到它的头部,轻轻捋了个全身,待它彻底放松警惕,剩下的事情就顺理成章了。为防止它发凶,我招呼了门前路过的邻居老郭帮忙,老郭是林下参的种植户,他见过的动物多,很有经验,我们原本平时不太说话,只是见面打个招呼,这次是因为山狸子头一次走近合作,也是缘分。这么着,两个男人配合默契,三下五除二地就把事情解决了,还给山狸的右前爪进行了简单的消毒包扎。

刚被点了眼药水的山狸子受到化学气味的刺激,极不舒服,奋力从我手中挣脱,嘴里发出呜呜声——这是它出生后头一次用药物治病吧?跑出几米远后,它很快适应了药效,恢复了安静。两爪朝前伸了个懒腰,然后仰躺,作双爪抱拳状,似乎是道谢。

我当即判断,这是一只聪明的山狸子,一句话,一个动作,甚至一个眼神,它都清楚地懂得,明了人做的一切是出于善意还是恶意。这种直觉的感受力,要胜于某些人类。

此后,它在我的屋前安营扎寨,墙角多了一只养蜂人留下的空木箱,但它好像不肯入住,仍习惯在松树枝下的草丛里过夜。哪怕听到我一声咳嗽,也会动作敏捷地作出反应,钻出来摇摇尾巴,伸个长长的懒腰。有几次,我试图带它进屋,让它变成正式的家庭成员。但奇怪的是,无论我怎样尝试,它都不肯照办,在深夜的阳台上狂叫不止,吵醒了周围的邻居。无奈之下,我只好将其放归自然。是它太热爱自由了。我这么想。

我给它取了个名字:美美。并且制作了一个小木牌,写上美美的名字,系在它的脖颈上。让外人看到了,知道它是有主人的,在起歹念时也好有所顾忌。

事实证明,我的猜测有一定道理,因为在过了大约半年后,这只狸子的体态看上去还像一只猫。如果是纯种的山狸,它应该越长越接近一只小豹子的体态,并且强壮凶悍好斗,这是由血管里奔突的血液和基因所决定的。

眼瞅着它渐渐长大,但它却依然性格温驯乖巧,这让它频繁遭遇其他动物的欺负。动物之间的格斗,大都在夜间进行,它们喜欢夜游,在月光下寻找自己的所需。双方相遇了,四目喷火,吱哇一阵狂咬,吃亏的都是山狸子。事后,它独自承受一切,在雪地里默默地舔净伤口,眼睛泪汪汪的溢出感伤。

春天过后,乌乡的野狗开始多起来,几乎任何一条狗的吠叫,都能引发山狸子一阵不安的骚动,迅速隐入草丛,屏住呼吸。有一次,我亲眼看到一条狗在空地上追咬它,它惊慌失措,拼命向前奔跑,在狗快要一口咬住它的尾巴时,幸好出现了一棵松树,它嗖地一下就蹿到树上去了,在树枝上呜哇大叫。我立即鼓掌,又气得不行。我手里拿着一根木棍子,一棒接一棒地打出去,当然都打在地上。见野狗逃走了,美美从松树枝上跳下来,颠颠颠地跑向我,扑到我的怀里,我拍拍它的头,安慰道:"别怕,孩子,你、你要勇敢点啊。"然后,是一声叹息。

雷雨季节来临了,我又试图让山狸子进屋躲雨,好歹地哄进屋,喂它牛肉,但它很快流露不安,盯着墙壁和屋顶,打量室内的陈设,警惕性高到十二分。果然,待我试图关上屋门,它箭一般地逃出了。自此,我认定了它不适应豢养生活。它不是八哥,不是鱼,不是狗,不是狐狸,甚至不是一只纯粹的猫。可它究竟是什么生物呢?后来干脆不想了,只要它是一个生灵,生得漂漂亮亮。最重要的是,它和我今生有缘——整个乌乡有二十多个村落,至少上万人在此繁衍生息。它连封闭的屋舍都不信任,可唯独向我投了信任票,这其中隐含着命运怎样的暗示与玄机?

我常常想,这只山狸子,它在人世间忍受的太多了,它的父母去了哪里,当时妈妈生下它时,几个兄弟姊妹去了哪里,它又是如何与之分离走散的,被父母遗弃,还是被暴风雪强行拆散?都成了一个个不解之谜。

整个春天和夏天,动物们处于发情期,山狸美美以独特的风姿吸引了十几只来历不明的雄性动物,它们分别是猫、狐狸和刺猬——连刺猬都加入了求爱的队伍,这让我觉得好笑极了。但山狸美美似乎不为所动,警觉地躲避着这些"剃头挑子一头热"的示爱者。起初,我不明白它是如何吸引雄性的,邻居老郭说,动物到了发情期,身体会分泌一种气味,这种气味在风中传递,周边数十里的动物都能闻到,它们对气味的敏感度胜过雷达。动物在求偶时的取舍,是否也有个性化的审美标准呢?

"啊,有的动物选择性很强,如果和它强行发生关系,它会找一棵树撞死,我亲眼见到过。"老郭言之凿凿。

"天!……"

我惊讶地张大了嘴巴,老郭的理论前所未闻,超出我前半生对动物学的肤浅认知。自然界的一切太深奥,但无论如何,我都不相信山狸子是动物界的"爱情至上"主义者。人类信奉爱情,也是文明发达的产物,有一个漫长的过程。比如在爱情还未被命名时,配偶的取舍标准又是什么?工业文明发展至今,"恋爱脑"正被时代摒弃,有人断定其为病态。当然,我反对滥情与泛爱主义。

一天黄昏,我照例带着美美到河畔散步,河崖下有一个不大的健身场地,我每天都到那里做一个小时运动,美美在一旁守候或玩耍,但今天注定是个美好的日子,在我手把健身器材做运动的当儿,突然眼前兀自出现一个神奇的画面:一只高大健壮的山狸子站在不远处,朝美美深情凝视,这是一只真正的纯种山狸,一个英俊潇洒的小伙儿!它正试探着朝前挪移,忽而又佯装无事,或者疾速躲闪,但距离美美越来越近……天性敏感正处于发情期的美美显然注意到了这突如其来的变化,它抬头与之久久对视,双方都心领神会,好像体内的积雪一点点地融化了,整个身体在愉快地唱歌。在那一刻,套用一句著名的电视解说词:"春天到了,操场上弥漫着一股荷尔蒙的气息。"如果继续引申,套用人类遭遇经典爱情故事的场面,即是贾宝玉初次见到林黛玉,诗人叶芝初次见到毛特·岗,以及托翁笔下的渥伦斯基在火车站邂逅安娜·卡列尼娜……都不为过。

总而言之,当天晚上,美美失踪了。

事到如今,我已经无法形容美美离开后的失落心情。在第二天一早,当我拌好了一碗吃食,放到草丛边的刹那,没有得到熟悉的回应——打哈欠、愉快的叫声、踩踏落叶声。我呆愣原地,心里泛起一阵难以名状的酸楚,感觉相当难过,几乎要落泪。这是一场没有预料的伤害,仿佛童年时失去了最亲密的伙伴。后来,我从微信朋友圈了解到有许多救助流浪猫的朋友,他们遭遇的经历与我的感受完全相似。

不久前,在河北某地参加笔会,遇到湖南女散文家申瑞瑾,她也是我的鲁院师妹。我知道她抚养了十几只小区流浪猫,是一种人道式的饲养,她极其负责,专门腾出一间仓房存放猫粮。但理性的她,几乎不和其中任何一只野猫建立私密的感情链接,这让她免遭被"遗弃"的伤害。我当时听了她的话,很不以为然。现在却终于尝到了滋味。

邻居老郭对我说,他有个在大兴安岭林区做小学教师的侄女,有一年考中了师范学院的研究生,到了报到时间,最终却选择放弃了,原因令人难以置信,竟然是因为她从小养大的一条金毛犬没有找到合适的人来接盘饲养。

"我总不能带着一条狗去读研吧?"她振振有词。此前,每当我听到类似的故事,都觉得演绎成分较大,有一些水分。但现在,我是真真切切地信了。

愿我的美美和它的如意郎君幸福快乐,生一堆可爱的小山狸子。

捕灵手

遥远岁月里的乌乡,到处是纵横交织的河汊,田野上蛛网密布的光线,夏天的土路上清晰地留下了蛇爬行过的痕迹,紧接着是一场雷雨。高粱林立、水草遍生的土地之上,喂养着各种叫不出名字的生灵,行走其间,一不小心就会撞上它们。那一刻,人与兽四目相接,双方皆怦然心动,不知如何应对,多半是在愣怔良久后各自走掉。黄昏,人踏着遍地乱滚的炊烟回家,摆放着简陋食物的餐桌上就会多出一个话题:"今天,在田里遇到黄鼠狼了,它嘴里叼着根烟呢,咔咔地咳嗽,盯着俺看了半天。"

或者说:"今天,遇到了一只秃尾巴大鸟,差点让俺用草帽扣住,结果一失手,飞了。"

显然,大凡在田间野地遇到灵物的人,回来都会把事情的真相加工一番,添油加醋,弄得神秘兮兮,异彩大放,真假莫辨。

多年之后我才明白,那时,聪明的乌乡人就已经掌握了独特的宣传技能,过分的夸张虽有吹嘘之嫌,但却是引起广泛关注的重要手段,可以说,那就是最早的广告雏形。

镇上曾有一个捕灵高手,是个终生未娶的老光棍汉,他拥有一副高大的身材,走路时爱自言自语,一年四季只穿一件破旧的粗布长衫,好像到死也没有替换过。每当他步态从容地从街头走过,眼神里投射出哲学家的忧郁光芒,他的身后,始终撒播出一种古怪神秘的气息,在他的头顶上方,有一群昆虫翩翩飞舞,而他嘴里嘟哝的话,没有人能听得懂,有人说,那是他专门给鸟创造出的一种语言。

据传,他专门在夜间捕捉种种野物,手里时常拎着一条布袋,要么是一张渔网。夜深人静,他顶着一头秋天寒露,借着星光潜伏进薄雾铺地的荒野,一蹲就是一整夜,第二天凌晨,他总是会背着鼓胀的行囊回家,不用说,他已经满载而归。天还没亮,四周还是一片漆黑,人们从未看到过他在出太阳后回家,也许是他有自己的讲究,无论捕捉多少活物,都要赶在天亮前返回。

他缓步推开木门,立即会有动物们的声音叽叽喳喳地灌满耳朵,夹杂着动物粪便的气味、灶火的气味、被烟草熏过的土炕的气味,也许还有土房子的窗台上,那一双布鞋子散发出的气味。但正是这些简朴的气息,构成了乌乡生活最基本的底色,是人类精神世界里最初的原料。

最神秘的去处是后院,那里是这个老家伙拿性命来捍卫的禁地,高高的院墙,养着几条凶恶的狼狗,据说还有两条真正的狼。如果从外面观察,只能看到后院里长着几十株高大的榆树,树枝上的鸟窝越筑越大,还有各种动物混杂一片的叫声。总之,镇上的孩子们谁也没有涉足过他的后院,可那里究竟饲养着哪些稀罕的动物呢?没有人能够说清。冬天的时候,老光棍汉会提着一只鸟笼子出现在街头,与众多在街上晒太阳的男人一起聊天,他语速缓慢,时常沉默,无法与众人和谐交流。他笼子里活蹦乱跳的鸟,既不是鹌鹑,也不是画眉,而是一只谁也叫不上名字的生灵。人们就问:"这是只什么鸟?"

老家伙说:"是'下野地'。"

这个鸟名人们从来没听说过,但老家伙是怎么知道的呢?乡人也不敢追究,大概是为了掩饰自己的无知。当时的我,作为一名孩童置身于现场,对人们的议论听得清清楚楚,记忆深刻。多年之后,我也始终不知道"下野地"为何物,属于哪一种鸟类。我时常想,该不会是老家伙随口叫出的吧?

后来,他终于疯癫了,成了个像木桩一样安静的疯子,从不伤害或辱骂乡人,因此还是很受乡亲欢迎的。可惜的是,他把后院养了多年的野物,在夜间驱逐到野地里全部放生了。那个夜晚,有人看到他驱赶着一群黑压压的怪物,其壮观场面就像是在驱赶着一群鬼魂。它们呜里哇啦地在街上列队涌动,朝镇外的荒地走去,似乎都认得来时的方向。

不知怎的,每当我置身乌乡的街道,都会想起小镇上曾经存活的这位神秘人物,我知道他已经在人间消失多年,据说他拥有罕见的长寿,活了九十多岁,而且死得安详平静。

直到今天,有一个涉嫌虚构的情节在我的脑海里成为定格:深夜,他站在开阔的地带,月光在白花花的雪地上泛出光芒,让他高大的影子重重地在天地间矗立成一块石碑,他破旧的粗布长衫在风中浮动,看上去仿佛在完成光荣的布道。这时候,只要他朝玄妙的星空念出一个心愿,那些潜伏在地下、飞翔在空中的生灵们就会跑来,心甘情愿地被他捕获,成为他幸福的俘虏。

客栈:少年行

那一天,乌乡客栈里来了一位奇特的客人,他没有漂亮的行李箱,只有一个绿色帆布旅行包斜斜地挎在肩上,零乱打绺的头发反射出一点"流浪"的迹象。而且,他看上去神情忧郁,心事重重,发出的声音带有鼻音,瓮声瓮气。没有人知道他从哪里来,要到哪里去。更没有人知道他经历了什么,以及他来乌乡的目的何在。

这个背挎包的少年人就是多年前的我。

现在想想,我是经历了怎样的挣扎才做出一个冒险决定的啊——我和父亲大吵了一架,如果不是母亲死命拦住,父亲手中的木马扎会准确无误地砸在我的头上。坚硬的枣木马扎是父亲顺手从炉具边抄起的,它在一种力量的驱动下变成了冷兵器,最终绕过母亲空中乱舞的双手,砸碎了一只花盆。吵架持续了一个小时左右,过程鸡飞狗跳,叱骂声传出好远。

够了,够了。这句话我念叨了整整一个晚上。我要离开县城,现在是时候了。

无论乘坐汽车、马车,还是牛车,或者干脆步行,这似乎都构不成问题,只要果断地离开这个伤心地——当然,除了与父亲长期的争吵与对峙,还有其他一些原因。

彼时,季节还是春天——胡同里墙头的槐花开得雪白,杨树的芒穗被风吹得满街都是,天空还落下阵阵榆钱雨。在做出决定后,要与一些事物告别。我先是来到自家附近的一座小石桥上,与桥下的河水对视良久,那里是我每天发呆的地方。桥下有一块大石礅,我时常坐在上面读某位诗人的诗集,一些不切实际的幻想自此驻扎心头,观星望月。它们让我在县城成为异类,遭受非议。

从石头上站起身,我又以游荡的步态,在生活区一家低矮的平房前站住,透过门缝朝里张望半天,试图听到屋里的动静。院子里静得出奇,只有没有拧紧的自来水管在朝下滴水,它阻止了我继续敲门的欲望。这是与我要好的一位同学的家,我时常在他家玩耍,一边享受阿姨做的美食——他母亲包的胡萝卜馅蒸饺特别好吃。因为我们两家居住距离不远,在同一个小区,去同学家蹭饭便成为常态。有时候天晚了,我就在他家留宿一晚,我们俩挤在一张窄窄的小床上,先是聊天,聊着聊着就睡着了。第二天,我回家取书包,家里人从不问我昨晚的去向,像什么也没发生一样。这是我少年时代的真实处境,没有关爱,没有嘘寒问暖,和冰窖差不多。冬天里,曾发生过一个小事件:有一次我在同学家住宿,那天夜里刮平流风,煤烟排泄不畅,鼻子里吸收了大量一氧化碳,以至于第二天全家人包括我在内都中了毒。幸好不算严重,但连续两天都在头晕恶心,没有食欲,走路摇摇晃晃。

自那以后,我便不在他家留宿了。尽管在当时,我的生命意识还没有完全觉醒,对死亡没有概念。有一个错误的认知是,我以为每个人的死不止一次,死亡是个游戏,可以重复好多次。

事实上,这不是我头一次离家出走。一年前的夏天,学校放暑假,我曾经赌气去了乡下外婆家,一口气住了二十多天。事后得知,父母在我失踪三天后才开始寻找。他们的头一个念头就是给在故乡小镇信用社工作的舅舅打电话,当摸清我的行踪后母亲顺水推舟,说:"就让他在那儿住一阵子吧!让他去田里干活,锻炼锻炼。"舅舅心领神会,第二天,就让我到他家的自留地里浇水、除草、打棉花杈,到打谷场上做晒粮食、脱泥土坯等各种农活——多年后,这件事被我写进了一篇小说里,像一篇非虚构。其中,有一段牵涉"舅舅"形象的描述,复录如下:

> 他矮小的身材像传说中武松的家兄,上衣兜里竟装模作样地插了一支钢笔,以显示他在村里还是个文化人。他下身穿着一条蓝色短裤,后腚上却缝着个圆形灰色大补丁,看上去更是不伦不类。

据说,我舅舅看了发表那篇小说的杂志,哈哈大笑。俄顷,把脸一沉,从此不再理我。

最后一处告别之地,是县城东郊河岸上的老电影院,那里藏着我少年时代几乎全部的好时光。在寒冷的冬日,至今记得我和某位同学头戴大棉帽子,在电影院前的巨幅广告牌下闲聊,一边等待售票窗口打开的情景。那是一个幸福的时刻,河道里响着冰凌炸裂的声音。

在那个年代,中学生离家出走事件并不新鲜,我的行动注定掀不起什么波澜。而且,对于这次出走,我父母先是惶恐和恼怒,而后是担忧和一丝愧怍,他们到派出所报了案,知道了我的下落,然后松了口气,很快恢复了正常的生活。

多年后,一家人春节聚餐,无意间说起这件事,父亲已然喝至半醉,解释说:"我们找遍了你可能去的地方……最后根据你的性格分析判断,觉得你不会出什么事儿,于是就……"话音未落,我立马笑嘻嘻地接上话茬:"于是就该吃吃,该喝喝。"父亲手端酒杯,表情略显尴尬。

但有一个巨大的秘密,我从没向任何人说起过,它时常让我在心里掠过一阵窃喜,就是这次出走事件对我非凡的生命意义,不但构成了我此生首次跨省远行,还让我从懵懂中完成了最初的觉醒——那个平平淡淡的春天,我从山东出发,直奔一千四百多公里外的吉林长白山区,目的地是投奔我的老姑,他们一家住在毗邻鸭绿江的白山乡下,那儿一年里有一半的时光处于严寒。当时,我的想法极其简单——哪怕在东北的亲戚家住上几天也好,只要能让几种事物在眼前迅速消失:父亲阴沉的脸,县城上空满天飞的谣言,爱打小报告的某同学,班主任投来的鄙视的一瞥……以及我不想看到的街道、矮墙、厕所、标语、羊肉店和杂货铺。

一路颠簸,我遭遇重重艰险:经历乘车、搭车、徒步、睡火车站、住桥洞子……有一天,我走在一条冷风瑟瑟的乡村公路,眼前突然好似飞翔着一团蠓虫,我的头开始发晕,颓然倒在路边。东北春天的路畔还有大量积雪,是一阵风把我吹醒了,但全身酥软到无力动弹。一位在大柳树下摆山货摊的老奶奶扶起我,在她茅棚似的家中,她在土灶前做了一碗清水鸡蛋面。尽管那碗面忘了放盐,没有滋味,但却救了我的半条性命。

几天后,我终于抵达白山脚下一个叫乌乡的地方,我决定先住上两天,进行一番修整,再慢慢打听老姑家的具体地址。这才有了开头的一幕。当时,鼓舞我前行的力量是一个虚幻的画面:森林里的屋舍,燃烧的炉火,一家人围炉而坐,屋子里弥漫着炖肉的香气。

而住进这家简陋的农家客栈,当墙壁上的镜子里出现一个邋遢的人影时,我惊讶地张大了嘴巴。我把双手插入自己浓密的头发里,触摸到发根,它们已经像一团掺杂泥土的乱麻,根本捋不开。我急忙跑进卫生间,拧开水龙头,随着阵阵水流的哗哗洒落,一股香皂和洗发液的气味让我重返真实的人间。

教育诗

在路上,吵吵嚷嚷的声音始终伴随着我,在耳畔回响,在心头纠缠。自有记忆那天起,父母的争吵成为家常便饭,让我们姊妹四人几乎每天都在恐惧与担心中度过。我们害怕原本还在说说笑笑的父亲突然变脸,让空气由热烈降至冰点。最让我忍受不了的,是父亲支使我干活——比如拖地吧,他会在整个过程中用眼睛盯着你,随时纠正你的动作,让你背生芒刺,浑身不自在。这样的结果是,原本极其简单的劳作变得复杂化,以致紧张到出错,难以进行。父亲当时已经是县委重要部门的领导,这种霸道作风不知是从何时养成的,做他的下属一定日子不会好过。事实上,他把工作上的烦恼和压力一并打包,每天下班后带回家来释放,让整个家庭气氛处于剑拔弩张的高压状态。

在外人看来,我们是一个非常和睦幸福的家庭,几乎年年被评为县委机关的"五好家庭"。这个家庭的表象是光鲜的:母亲每天骑着自行车到蔬菜公司上班,大姐和大哥早早进了工厂,我和弟弟在中学读书,一家人其乐融融,积极向上,让世人艳羡。谁也不会想到,在光鲜的背后,是幽暗的角落,父亲的霸道主宰着一切。父亲每天至少要喝掉八两白酒,如果遇到坏天气或者休息日,会喝掉整整一斤,他经常有预谋地把自己灌醉,享受醉酒后的愉悦幻觉。他经常在醉酒后骑一辆"东德牌"自行车沿环城路瞎逛,谁也不清楚这样的举动是为了什么。至今记得,我与哥哥在大雪天的夜晚,去野外寻找他的情景——迷蒙的夜空,纷飞的大雪覆盖了道路,小城的建筑物隐匿在雪雾中,满眼都是大朵的雪花。雪落在我们的脸和头发上,很快就融化了,与口中呼出的热气混在一起,夹杂着咸涩的眼泪。我们身上的热量很快就消耗殆尽,脖颈和头发上都落满了雪,结成了冰凌。最终,借助手电筒的光线,我们在郊外的一个玉米秸垛里找到了他——他趴在玉米秸上酣睡,自行车歪倒在一米开外,附近是一片乡村墓地,像一个个大白馒头。我们费了很大的力气才把他弄回家中。这样的事例,发生了不止一次。

奇怪的是,第二天一早,他准时起床,面无表情,洗漱后匆匆上班,像昨晚什么也没有发生一样。

对我而言,父亲始终是个谜。他是闯关东移民的后代,在东北的冰天雪地里出生,青年时代回到了山东老家。父亲的原生家庭颠沛流离,让他成年后的性格执拗而顽固,看任何问题都很悲观。好在他智商很高,讲一口流利的俄语,在东北师范大学读的是数学系,堪称学霸。但要命的是,他的情商却低到接近于零,让他在一生中做了许多匪夷所思之事。他的观念传统保守,近乎腐朽,比如他不允许我们穿新衣服出门,说新衣服只有在春节时才能穿,平时要注意影响,要和周围的人一样穿打补丁的衣服,不张扬不炫耀,不能有半点异于常人之处,老老实实地做一头牛或者一头猪,绝对不能做一只羊群里的骆驼。当时,姐姐已经进了邻县的国棉厂做工,正在度过她的青春时代,同宿舍里有四个爱美的室友,打上下铺。一向衣着朴素的姐姐见别人都穿着高领毛衣,笔挺的筒子裤,脚穿油亮的皮鞋,腰肢和胸脯都线条毕现,婀娜多姿。唯独自己穿一身一成不变的蓝布工装,经常遭受讥讽和被人笑话,发工资后,她就偷偷地到百货商店买了一双新皮鞋——这是姐姐头一次穿皮鞋,而且还是猪皮制作的,皮面上布满了针孔大小的麻点,即便用整整一管鞋油擦拭也擦不亮——猪皮永远比不上牛皮。周末或休班时回家,姐姐害怕父亲发现她脚上的皮鞋,会提前把皮鞋藏匿起来,换上老旧的布鞋,她自作聪明地与父亲玩着周旋的游戏。一天黄昏,我从学校回家,一进院子就嗅到一股紧张气息,空气凝固了一般。我看到姐姐正倚着门框抽泣,院子里有一棵火炬树,树下散落着一些枯枝残叶,旁边是一只正在燃烧的铁炉子,从铁炉子里散发出一股难闻的胶皮气味,浓黑的烟雾像一缕失魂落魄的游魂冉冉上升。我捂着鼻子朝炉子走近,看到姐姐的皮鞋有一只已经被焚烧成炭状,像羊屎蛋;剩下的一只烧掉了一半,气味就是从那里散发出来的。我迟疑着不敢进屋,隔着玻璃门,看到父亲铁青的脸,他坐在桌前抽烟,表情庄重,仿佛刚刚完成一桩上天交办的重大使命——他不允许孩子们有半步差池,寸步不能脱离他画定的圆圈。他肯定认为自己的教育方式是光荣正确的,说不定早已把自己虚构为教育的楷模。而母亲也没有出门安慰姐姐一句话,埋头忙着日常家务,为一家人的晚餐做准备。

当然,事后回忆,我也没有过去安慰姐姐哪怕一句话,因为这种事在我们家太过平常了,大家已经习惯了漠视。至于姐姐的皮鞋是如何被父亲发现的,则没有人感兴趣,大家只知道把几个人的智力加起来也斗不过一个父亲,他对任何事都明察秋毫且循规蹈矩——哦!但我却牢牢地记住了那个初冬的黄昏:姐姐用肩膀倚着门框边的墙壁,头发散乱,闭着眼睛,完全不顾形象,伤心地哭泣,泪水涂抹了一脸。那一年,她二十二岁,正是一个少女爱美的年龄。在父亲严厉的管教下,姐姐从来也没有年轻过,更何谈天真烂漫。她似乎一生下来就是一个心事重重的木讷女孩,成年后始终是一位中年女人的刻板形象。如今,几十年过去了,深深的伤痕依然顽固地在她身上留存,落地生根,至今也没能获得治愈。姐姐一路走来,跌跌撞撞。四十岁后,她患上抑郁症,每天靠服用氟西汀才能平静度过。

如今,姐姐早已从工厂退休,但她脑海里回放着的,依然是少女时代经历的那些伤心往事——诸如某一次父亲误解了她,将别人做错的事让她来背锅;哪一年冬天下大雪,父亲支使她去街上购物,回来的路上自行车骑到了路边的沟里,她伸出两手拼命呼救,差点儿丧命,但得到的却是一顿指责……云云。她反复念叨这些陈年旧事,企图向时间讨回一个公道,如果有人站出来表达一下歉意,她会释怀一切。但是没有,没有一位神灵来评判这些从前的对错,而造成这一切的罪魁祸首——父亲,他早已在十多年前因病故去,化为一缕青烟,坟头上的荒草高过膝盖,需要在每年的清明节用铲刀清理。在每年春节的家人团聚时间,姐姐都会像祥林嫂一样唠叨半天,以至于招来集体性抗议和厌恶。只有我表现出极大的耐心和克制,仅仅因为我是当年事件的在场者,与她经历过同样的命运和心理体验。但我的能量毕竟有限,无论怎样梳理,至今也没能消除她累积数十年的心结块垒,我在心里发出无奈的感叹:"唉,可怜的姐姐,所有的人都在向前而活,只有你是在向后而活……"

我忍不住泪目。姐姐的人生现状,戳穿了一个包装华丽的谎言,像父亲创作的一首失败的教育诗。教训惨痛,且不可挽回——一切都太晚了,唯一的人生不能从头再来。

在闪电的记忆中,我的思绪又飞回到了那个久远的春天:北方的荒野空旷无垠,大风呼啸,泥泞的道路被一场春雪覆盖。一辆缓慢行驶的马车摇摇晃晃,上面坐着一个流浪少年。路两边的枝条上结满了霜雪,车厢里铺满了稻草,他脑海里出现的炉火都是虚拟的画面——没有地标,没有站牌,一望无际的道路没有尽头。

老姑的春天

东北的春天来得太迟，至少比华中要晚一个半月左右，这是我没想到的。吃早饭时，老姑对我说，大表哥去年冬天故去了，走的时候才三十多岁。大表哥生前是一位乡村摄影师，每天走街串巷给乡人拍结婚照，出没于纪念日及婚礼现场。他长期过着不规律的生活，精神处于生存的焦虑状态，结果突发脑溢血，倒在回家的路上，在篱笆前被人发现时，他身体已经僵硬了。大表哥的死，给全家人的生活蒙上一层浓重的阴影。

见我抱着肩膀冻得瑟瑟发抖，老姑啜嚅地说："若是不嫌弃，就把你大表哥留下的衣服穿上吧。他的棉袄是去年新做的，只穿过一次，反正……都是一家人哩……"就这样，我穿上了大表哥留下的一件蓝色大棉袄，身上开始回暖。在简陋的露天厕所里，我无意间掏衣兜，从上衣口袋的夹层里掏出半包"长白山"牌香烟，不多不少，正好十支。它们残留着大表哥身体的气息，金黄的烟丝已经干透了，用手稍稍一捏，就变成了碎末。撕掉一层锡纸,我把好看的烟盒留了下来,仿佛是大表哥留给我的一份小礼物。

那时候,老姑夫刚刚从大兴安岭深处的劳改队回来,正在等待一纸平反通知书。他沉默寡言,表情严肃,一个人躲在睡房里抽烟,一待就是一天,对我的到来,似乎不放在心上。但我能感觉到,他看我的眼神还是和善的,眼睛里闪动着奇异的光亮。他是个不幸的人,因为莫须有的罪名坐了八年牢,先是在采石场劳动,最后几年辗转到林间伐木,该遭的罪都遭受了,是老姑的不离不弃支撑着他走了过来,只不过眼下的他,正处于精神疗伤阶段——事后证明,老姑夫是个绝顶聪明智慧的家伙,在他获得平反后,运用补发的一笔钱做启动资金迅速崛起,他抓住了改革开放的大好机遇,在白山脚下办起了养鸡场和厨具加工厂,在短短的时间内成了闻名全市的企业家。几年后,他把一家老小带进了省城,让我的表姐们都过上了城里人的日子。这是后话。

老姑一家住在一片稀疏的松林里。她性格倔强,气场强大,在老姑夫离开家以后,她发现故乡人的目光里多了歧视,孩子们在上学的路上经常遭受欺辱,于是,她毅然决定离开故乡,辗转百里,来到一个叫桦甸的地方落脚,找人看了风水,在林子里开辟出一块空地,先是盖起三间简陋的房子,后来又陆续建了几间厢房,用来做厨房和仓房,筑起围墙,让日子在艰难中向前滚动。

老姑说:"这些年的家庭,就像一只螃蟹在泥浆里抓挠,全身都是泥巴,真是难哪……这不,好歹快'扒拲'到头了。"老姑的意思是终于盼到姑夫回家,夜航船即将迎来曙光。但偏偏在这个节骨眼上,儿子却出了意外。

大表哥是家中唯一的男孩,也是全家人的希望。他的早逝让整个家庭氛围陷入沉闷。但东北人的性格与山东人完全不同:他们从骨子里具备的豁达豪迈,让这种凝滞的气氛很快消释了。气氛的改变,是因为三表姐和屯子里一位伙伴一起在林子里活捉了一头野物,她兴奋地推着一辆平板独轮车,把野物捆绑在上面推进家门,大声嚷叫:"妈啊,我逮了一头野鹿!"

老姑正在灶前和玉米面,张开两手从厨房出来,扫了一眼,围着木车转了一圈儿,说:"这不是野鹿,是一只狍子。"

这是我头一次见到不同于鲁西平原上的林间野物,它的头部有点像山羊,柔软的黑色鼻头湿漉漉的,眼睛里流露出恓惶与惊恐,它油亮的棕色皮毛相当漂亮,全身上下布满雪花形状的点缀,像一件漂亮的毛衣……望着这只憨厚可爱的动物,我不禁动了恻隐之心,几度张口欲央求三表姐将其放归山林,或者干脆放到牛圈里豢养起来。但我初来乍到,对这个陌生的家庭并不熟悉,害怕说错了话,就在心里默默地为这只野狍子祈祷。但当地人有吃野狍子的习俗,觉得这种动物又笨又傻,是老天赐给人类的美食,于是在当天晚上,一大盆热气蒸腾的狍子肉就摆上了餐桌。全家人其乐融融,有说有笑,像过春节。东北人讲究祭祀风水,开席前老姑点了三炷香,祭拜了"五大仙",口中念念有词,惹得表姐们一阵讥笑。

老姑对表姐们说:过了正月,就没打过牙祭,这野狍子自动送上门,是来欢迎你山东弟弟的,今天大家都喝两盅吧,从今儿个起,我们都忘记所有的苦和烦。言毕,老姑把脖子一扬,喝掉了手里的一杯酒。摆上八仙桌,姑夫一扫愁容,几乎是推搡着把我让到了主座,并且在吃饭的过程中不断给我夹菜,让我倍感温暖。多年过后,那顿晚餐的丰盛还固执地留在我的记忆中——除了香喷喷的狍子肉,还有炒鸡蛋、炸松蘑、黄花菜和著名的杀猪菜。

有一个细节至今难忘:老姑在焚香祭祀时,倒了一杯烧酒,夹了一碗肉,转身去了里屋,把酒放到大表哥遗像前——那幅围着黑纱的照片被放大,在葬礼上用过。泪水在老姑眼睛里打转,但她始终没有哭。第二天,我特意去里屋看了一下,惊奇地发现大表哥的遗照被翻转过来,脸部冲着墙壁,朝外的相框背面,是一层粗糙的硬纸板——这充分表明,一家人要放下悲伤向前走,从此不想再直视那一双忧郁和哀怨的目光。

松木的气息

松木的气味是小表姐带回家的——她从残雪里采来了一大把松枝,去喂柴房里的灶膛,或者给室内的壁炉加一把火。她蹲在炉火前,表情认真又专注。

小表姐年龄和我相仿,大约十四五岁,可能只是在出生月份上比我略大。那天老姑去乌乡客栈接我时,小表姐也去了,她围着一块红色的围巾,眼睛忽闪忽闪地对世界充满好奇。刚开始我对她印象极其一般,因为她走路似乎从不居路中,忽而跳到左,忽而又跳到右。她长得又瘦又高,动辄把脚尖踮起来,给人一种不稳重的感觉。而且,她习惯性答非所问,让人觉得比较"各色",我试图与之交流沟通,但很难通畅,比如我问她:"姐,你比我大几天?"她会答:"小屁孩儿,这个重要吗?"——眼睛上挑,飞来一个白眼儿。

我问:"姐,你的眼角上方怎么有一块伤疤?"她急忙用右手把右眼角捂住,很不高兴的样子:"不许这么观察美女,不礼貌!"

我看了,更是扑哧一下笑出了声,因为她手上戴着的毛线手套破了洞,五根尖细的手指头全部暴露在外,结痂的冻疮也暴露在外。遇到类似的情形,老姑就在一旁插话解围:"唉,你小姐姐太顽皮,小时候在磨坊里玩捉迷藏,前额磕到了碾子沿儿上。"

小表姐极不喜欢听人对她作负面评语,把正在吃饭的碗筷朝桌上一推,噘嘴起身离开了。我欲追过去,把她劝回餐桌,老姑却摆手制止:"甭理她。她就那脾气。"

小表姐不只脾气坏,还有些地域歧视,让我感觉受到深深的污辱,差点跟她急眼。一次,全家人在吃饭时闲聊,说起山东老家小镇上一种叫"呱嗒"的小吃,老姑说她在东北出生的,山东老家的小吃从没品尝过,只听爷爷说起过,出于客套的礼节,我随口说了一句:"老姑,等回老家去吃吧,吃个够。"处世老练又和蔼的老姑自然懂得一个孩子的心理,立即笑着答应了,说:"明年全家人回山东上坟,去吃沙河镇的呱嗒。"我很高兴,因为虚荣心得到了满足。哪知小表姐听了,脆生生地甩过一句话:"我不回那破地方,要回你们回……"话音未落,餐桌上响起老姑的大声呵斥:"闭嘴!"

姑夫的脸色也变得十分难看,狠狠地瞪了小表姐一眼。

我忍住没有说话,但内心被一种委屈、尴尬夹杂着难堪的羞愤情绪所充塞。我站起身,默默地离开了餐桌。拉开门闩,我来到院外的池塘边,倚着一株光滑的白桦树干,咧嘴哭泣起来。又怕被人发现,不等泪水流完,又硬是把泪腺堵住。在那一刻,我什么都想到了,脑海里飞翔着人世间所有悲伤的句子。

晚上睡前,老姑借着给我加一床薄被子,在床头坐下来,她用手抚摸着我的额头,轻声安慰:"孩子,过些日子,我跟你回山东,让你爸爸不敢再欺负你……不要生小表姐的气,她在家是小疙瘩妮儿,被宠坏了,不懂事儿。你是个多聪明的孩子,不要和她一般见识……"

我点点头,鼻子一阵酸楚。在那个瞬间,我想坐起身拥抱亲爱的老姑,但实际的行动,却是把头扭向墙壁,让泪水横溢。

这一小事件过后,我有很长时间不搭理小表姐,即便她有意向我示好都无动于衷,比如在吃饭时给我夹菜,或者离得老远就给我一个笑脸,而我都佯装没有看到。她在我心目中埋下了傲慢的种子——我决定不再理她,与她打一个持久的冷战,让她觉得我也有骨头里的尊严。

这是四十多年前发生的事了。多年过后,我曾经无数次反刍此事,觉得这件事本不应该发生,是我的玻璃心和小心脏反应过激了。在那个年龄和境遇,哪怕一点微小的刺激都能让人感觉受辱,这当然与我在当时的成长状态有关,与父亲长期的压抑扭曲教育有关,极度的自卑必然导致心理城堡的随时塌陷。试想,假如在当时我能够调皮一点儿,性格再敞亮大方一点儿,就会用沉默做武器,或用嘿嘿一笑化解生活中遭遇的一切尴尬和冷遇,让对方觉得无趣,达不到预设的效果。另外,拼死捍卫那个叫作沙河镇的老家真的那么重要吗?事实上它贫瘠而丑陋,地处古老的黄河故道,荒凉的平原上是一幢幢破旧的土房子。一辈又一辈的人从事农耕,风俗保守落后,土地板结,固执到油盐不进,拒绝接收哪怕一缕远来的活泉。

后来,我之所以渐渐改变了对小表姐的印象,是觉得她格外勤快。尽管她在家中地位受宠,却并不娇气,她把娇气转化成了性格的泼辣质地——只要她出现的地方,那个地方就必定是纤尘不染整齐利落,给人以赏心悦目之感。

清明节在一天天接近,她把家中所有的玻璃窗都擦得锃明瓦亮,泥水换掉了一盆又一盆。她一个人踩在一只高凳子上,忙上忙下,长了冻疮的手像一根水萝卜,我看了于心不忍,就过去帮她把地上洗过抹布的脏水倒掉,到压水机井前换上一盆干净的清水,又到厨房里烧了一壶热水,掺兑到清水中,这样就不至于让她的手浸泡在冰水里。小表姐知道我在帮她干活,也没说话,只是加快了手中擦玻璃的动作。擦完了玻璃,她又开始洗窗帘,打扫院子的角角落落,让整个院落焕然一新。做完了这一切,小表姐主动和我说话了,她吩咐我去厨房再烧一壶水,语调客气,我急忙点头答应,动作麻利地到厨房烧了一壶水递给她,小表姐说:"还要给燕子清理一下鸟窝。"我听了一愣,有点傻傻分不清。

小表姐在凳子上又摞了一只小凳子,让我搀扶着压牢稳,她小心地踩上去,手持一把小铁铲子,把屋檐前头的燕巢清理一番,摘下燕窝前的一块小木板,用热水浸泡解冻,除掉上面干硬的鸟粪。木板清洗干净后,重新安装到燕窝前。说真的,在她做这一切的时候,我心里突然涌动出一种奇妙的感动,觉得她为即将飞来的小燕子想得太周到了——我的脑海里出现了一个积雪消融、燕子们在春天阳光下的枝头叽喳唱歌的画面。

吃晚饭时,突然停电,老姑吩咐我去里屋橱柜抽屉里取蜡烛,我划着火柴来到里屋,摸到抽屉里有两包蜡烛,老姑又特意说了一句要点一根白蜡烛。借着白蜡烛的光,我发现大表哥的相框又被摆正过来了,表哥遗像前燃着三炷香,小表姐从林间采撷的松枝被摆放在相框周围。

联想到小表姐这几天所做的一切,我心中豁然开朗。烛光颤动,室内被一阵林间松木的清香布满。

雨季幽火：一个乌乡人的讲述

兄弟，首先声明，我一点也不迷信。我只是把童年的一段经历说一说，兴许对你的写作有用。我最早知道幽火的存在，源自那起发生在二舅身上的意外事件。当时，我们家正进行房屋翻盖——将宅子里的土坯老屋拆掉，在原地盖上三间混砖泥瓦房，这在整个乌乡是一桩大事。当时我娘还年轻，缺乏经验，选择在夏季建房时机不对，天气终日淫雨霏霏，白天筑起的墙壁被夜雨冲塌，致使过程极不顺利。娘需要帮手，无奈之下便向镇上的娘家人求助，因为大舅要到田地里忙三夏收割，正在读初中放暑假的二舅便充当了"救火"的角色——他骑着一辆破旧的大金鹿牌自行车，昼出夜伏，往返于乌乡镇与屯子之间，白天来我们家协助泥瓦匠搬砖砌墙，夜晚收工回镇上睡觉。当时，我只有六七岁，尚处于懵懂状态，印象中的二舅是个大眼睛双眼皮的圆脸少年，长得白净清秀，一头乌发，说话斯文羸弱，性格羞怯，见人就笑。记得一天中午，他还带我到屯子东边的池塘里洗澡消暑,他给我用力搓掉身上的泥垢。上岸后,我们蹲在池塘边上吃掉了一只香瓜,还采了两片碧绿的大荷叶戴在头上。看到他的左胸口上有一道闪电似的伤疤,我忍不住伸出小手摸了摸,感到这蚯蚓似的疤痕有一个凸面,像埋进一根咬不烂的青筋。

时值六月,雨点击打着树叶和屋顶上的塑料布,发出阵阵微妙的声音。在房子竣工的那个雨后之夜,二舅喝了点酒,当自行车经过一片乱坟岗时,他被前方五十余米外出现的一团微弱的蓝光吸引,那蓝光神秘飘忽,若有若无,像一缕袅袅的香火,在二舅的脑袋里下了蛊,让他瞬间陷入模糊不清的混沌中,眼前花团锦簇,出现幻觉。整整一个夜晚,他被这团蓝色幽火捉弄,推着自行车像一头蒙眼驴,在磨坊里转圈儿,直到天色放亮才猛然恢复了正常意识。他跌跌撞撞地回家,倒在土炕上昏睡了整整三天。睁开眼睛,醒过神来的二舅好像经历了一场劫难,大病初愈一般,蜷缩在屋角下瑟瑟发抖,眼珠泛白。从此,他变成了一个沉默寡言的发呆少年,在酷热的阳光下病恹恹地打不起精神,体质更加虚弱,再也没能恢复哪怕短暂的天真与活泼情状,似乎从此与欢乐无缘。

听村人们议论说,二舅在那一晚遇到了传说中的"鬼打墙",那团蓝色的幽火不过是一出鬼戏的前奏,当人的意念被诱惑,便会不由自主地进入迷阵。

自古时起,人类对鬼神的好奇与探究之心源自天然,这符合自然伦理和人性逻辑。多年来,关于"鬼打墙"的传说更是像春天麦田里的飞虫一样笼罩着乌乡镇鬼气森森的街道与屋檐。在口口相传中,遇鬼事件都发生在先人身上,它们长期滚动在古老的乡村叙事中,以大人们在冬夜里给孩子们讲故事的方式广泛传播——野地荒冢,月黑风高,幽火飘摇,只不过是给这些民间格调增添调色的背景,叙事效果是否达到最佳,则凭借于叙述者舌头里加水和泥的功力。但眼下,当一桩真实案例出现,情势便会急转直下,变得微妙而暧昧——镇上的人们见了二舅,便凑上去问这问那,试图从他嘴里获取第一手答案,以在某种场合充当"权威发言"。

人们问他最多的一句话是:"你到底看见了啥?"

一脸稚气、茫然失措的二舅,眼神空洞散光,像个傻子那样一律以低头不语作为回应。事实上,那一晚到底发生了什么,他本人也不清楚,更难以用语言准确表述事情的经过。如果放到互联网时代的今天,他会说自己看到了地球之外的另一个维度,看到了霍金先生毕生研究的大爆炸形成的宇宙"黑洞"——可惜,当时的背景是风雨交加的二十世纪七十年代夏季,天空多雨,阴云密布,瑟瑟的风吹响木门。

很快,在乌乡镇上,围绕着二舅的"种种变化"发酵出一系列八卦传闻,版本多样,一度演绎到十分诡异可怕的地步,诸如有人看见从南边的大路上走来一个陌生的白胡子老头儿,走近了一看才发现原来是二舅;还有人说他尾随二舅身后走了一段路,竟然发现二舅头顶上盘旋着一圈蓝光。最荒诞的一种说法是,二舅原本系一位从天上下来的"偷跑童子",此前一直侍奉在王母娘娘身边,此次事件是玉帝派兵下凡间打探,要将二舅的命收回天宫,云云。

事件发生后,我们家一度陷入惊恐,随之对二舅的态度发生了微妙变化。比如说,平时的一日三餐,全家人围坐着一张祖辈留下的楸木八仙桌,吃的是玉米饼子、大楂子粥、萝卜白菜之类的粗食——幽火事件发生后,二舅被请下八仙桌,单独去了西侧的小仓库吃饭,位置紧挨着茅厕;再比如说,外公请来了镇上的巫婆,在家中院子里做了法事,香火缭绕,驱除邪气,院门上贴了黄纸灵符咒,连桌椅板凳腿都扎上了辟邪的红线;还有,姥娘命二舅脱下那个夜晚穿在身上的一件粗布短衫、一条短裤、一双解放鞋,连同一摞纸钱一道装入草篮,屁颠屁颠地拿到十字路口焚烧,一边念念有词地磕头,双手合十,口中念佛,祈祷神灵保佑一家人平安无恙……

当时,全国上下到处都在大办扫盲班,反对封建迷信、鬼鬼神神,破四旧,立四新,号令再三,有人带头砸烂了把守镇口的两只威风凛凛的石狮,以示与传统阶级彻底决裂。但千百年来,鬼神传说早已在乡野大地根深蒂固,阴魂驱之不去,娘因此处于恐慌不安之中,一度把眼睛哭得通红。但她很快忙于新房子的搬迁事宜,对二舅的事无暇顾及。

在整个家族中,娘是姊妹中的老大,她在尘土飞扬的乌乡镇上读完初中后便辍学了，但在当时已经算是镇上的文化人，与父亲成亲后,她来到乌乡镇辖区的屯子里做了乡村教师。相比普通村民,娘毕竟觉悟较高,加之事情起因作为大姐的她难辞其咎,如果没有建房造屋之事,二舅就不会每日往返于乌乡镇与屯子之间,幽火事件也就不会发生。搬进新家,心有余悸的她开始频繁奔走于前往乌乡镇的路上,给二舅及时送去安慰,还杀了一只鸡,炖了一锅鸡汤,装进瓦罐里给二舅带上,印象中娘只给我留下了一碗鸡汤,破锅里没有一块肉——鲜靓的鸡汤与木梁散发的木头气味混淆一处,刺激得人肚子里响起一阵鸽子的叫声,在吞咽大口口水后想骂脏话。

进入七月,天庭发怒了,电闪雷鸣,暴雨如注,村路上的浮土被雨水冲走。接连几个晚上,我蜷缩在娘的臂膀下难以入眠,能隐约感觉到娘内心的不安——她时常夜半醒来,唉声叹气或自言自语,要么点亮油灯,用双掌夹击一只蚊虫,只听得"啪"的一声,掌心里顿时出现一滴黑血。各种迹象表明,世界凝固成了一块铁,马上要有一件悲伤的事情发生,不可避免。

终于,那一天中午,娘等来了二舅沉塘溺死的消息。

二舅的死给整个家族投下一片浓重阴影,蝉鸣般久久不散。它像墨团一样凝固,又涟漪般荡开,成了我娘终生的愧疚和一个难以解开的死结。当时,这件事在整个乌乡镇风靡一时,人们口口相传,添油加醋,依照惯例,把一个极具迷信色彩的事件涂抹出十多种毛骨悚然的版本。要命的是,它仿佛巧妙地躲开了时间胃囊的消化，像一朵污泥中的荷，始终保持盛开的妖艳面貌。在很长一个时期，遇到逢年过节的日子，娘都会突然陷入沉思状态，嘴里嘀咕着一句话："你二舅若还活着，该长成一个大小伙子了。"

有一次，全家人正围坐在木桌旁吃午饭，娘却突然讲起了她头天晚上做的一个怪梦：她梦见一片哭声，于是顺着哭声寻去，细雨轻手轻脚地滴落，哭声愈发清晰婉转。结果，她看到二舅蹲在家门外，把头埋在双腿间，他全身都是湿漉漉的，慢慢地抬起头来，有一绺头发盖住了他左边的眼睛，眼中布满了血丝——他满脸都是泪水。

"像真的一样。"

娘说着，一边下意识地摇摇头，我发现娘的发丝上，似乎有火星跳跃。话一出口，气氛顿时急转直下，餐桌上一片沉默，没有人搭腔，大家都觉得有点煞风景。事情过去这么多年了，任何感慨都没有意义，还提它做什么呢？

奇怪的是，我的思绪却会迅速回到那个风雨飘摇的夏天——迷蒙的光线里，一个身着白衣的少年在一片矮墙下出现，他忧伤的眼睛在空气中眨巴了一下就消失在时间的雾霭之中，悬垂于墙头的一丛牵牛花倏然熄灭。当时，我父亲在遥远的县城里工作，整日里忙于参加各类机关干部斗私批修学习班，他只有在春节时才回家度假，与家人团聚几天。否则，家庭里诸如盖房一类的重活也不会全部落到娘身上。如此推算，如果当时父亲在家,二舅也会逃过劫数。

后来,断断续续地从娘嘴里获知,二舅原本就患有先天性心脏病,并且做过一次大手术,按理说,这样的孩子终生不能从事重体力劳动。在乡下还有一种说法,患上心脏病的孩子,命会像薄纸一样轻盈,随时有被风吹走的危险。但在简陋的农村,人们没有条件讲究。多年之后,当我长大成人,明白了许多科学道理,便忍不住在私下猜测,二舅极有可能死于心脏病发作——按照常识推断,一个人在惊恐不安的状态下极易旧病复发。

这成了一个解不开的谜。

在整个童年时代,二舅之死无疑给我上了第一节撼动心魄的灵魂课,一粒悲观的种子播进年幼的土壤,在心底深深扎根,并且贯穿余生。自那时起,我开始依稀明白了人世间并非肉眼看到的那么简单。它们成了我时常恐惧的根源,令我在深黑的夜晚屏住呼吸。在相当长的时间里,当屯子里出现了瘦削的陌生人,我都会不由自主地将其和鬼魂联系在一起,像一只耗子那样迅速缩回洞口,飞快地跑回家中。在依稀的印象中,这类人大多出现在雨后的黄昏,头戴斗笠,表情像一朵模糊的云,看不见完整的面部,只露出一口龅牙,一溜风似的行走,消失在某一个路口。其统一的特点是,从不在路面上留下一个脚印。

从某种意义上说,每一个在乡村长大的孩子,最早的课堂是在神秘的乡野中完成的,最早根植的文化是鬼魂的形象。尽管鬼魂看不见,也不能与人类构成对话,但它却在本质上起到了对人类行为的约束作用。于是,几经演变,它们便成了民间流传的狐皮子精、长毛贼、赤发鬼、母夜叉、白蛇精以及抬棺材的红鼻子大汉,什么雪山飞狐、林间妖女,水上精怪……这些几乎没有人看见过的物种无处不在,它们以各种形态潜伏在人类的日常生活中,不容忽视。而在我童年时代的每一秒细微的感知中,它们就隐藏在村外的池塘内,屋子的木梁上,院子的柴草堆,或者屋角的幽暗处。总之,一片树叶的阴影中都有可能潜伏着一个鬼魂,一个在黑夜里行走乡野的流浪汉时常被误认为是鬼魂的现身。奇妙的是,每当我想起它们,一连串的陈旧意象便会在记忆中浮现:黄泥建造的土坯房屋,屋檐下的农具、雨水、老牛、树枝、高粱地,孩子的啼哭,女人的叱骂,河水泛涨的咆哮声和各种神秘的声响——谁能够想象得到,一块被砍伐的树疤,一只挂在墙上的笊篱,原来遮盖着一张鬼魂的脸?而这正是传说遍地的民间,乡野隐秘四伏,秋天的豆田里奔跑着欢乐,泥土下埋藏着亲人的疼痛,泪水凝固色泽微暗的琥珀。

在我看来,唯有杂草丛生的野地、荒僻的山林才是传说共生纷飞的空间,现代化的都市结构与之完全不和谐搭调,甚至永远无法达成同频共振。因此,当我端坐在电影院里,观看某部好评如潮的香港鬼片时,总是忍不住在内心发出一阵喷饭般的嘲讽,觉得内容滑稽而可笑:凭借一幢残破的旧宅,一袭长发白衣的女子,五指尖细,在夜色中伸出纸做的蓝舌头;一只水杯盖式的道具,玩弄一些忽悠观众的小把戏,供鬼片爱好者们消遣,以满足心理的猎奇罢了——林立的高楼,呼啸的高铁,广场舞的集会,杀声震天的锣鼓,大型的歌舞表演,这些阳气十足的重金属的呐喊,驱跑了神灵,赶走了神秘,剩下一座座克隆的城市惊人相似,一览无余。

第二辑

雪封木门

草窨课

大芦花荡里响起了瑟瑟的抖动声,里面好像隐藏着一头黑熊。时令告诉湖泊里的大雁:"天冷了,该收拾一下行装了,准备南飞吧。"

在此之前,我一直跟随大表哥跑山,采桦树茸、从石缝里挖石韦草或者捉地鼠,度过了一个还算愉快的秋天。秋天真好,一个人走在空旷的路上,心里美滋滋的。现在想想,那时候的白山多空旷啊,我喜欢仰起头看白桦树梢上的鸟窝,看白嘴鸦或者乌鸫鸟进进出出,因为太忘情,帽子从头上滚落下来,我居然毫无觉察。

当时,我还不到八岁,属于学龄前儿童,几乎每年都要到东北的老姑家小住一阵儿。说是小住,掐指算下来,转眼已经过去了大半年,奇怪的是,我一点儿也不想家——因为每天都过得太快乐了。从山东来到桦树屯时正值春寒料峭,东北的春天来得迟,荒野上还积雪茫茫。姑夫赶着一辆马车到镇上的小火车站把我接回家。我身上穿着一件黑粗布棉袄，袄袖已经破损，露出了一撮白棉花；我的裤子后面缝着一块大补丁，上面被妈妈用缝纫机轧出了一圈圈年轮，针脚不太细密。老姑看了，嘴里啧啧两声，命我到里屋把衣服脱下来，她从一个大柜子里取出一件姑夫穿过的大棉袄让我穿上，大棉袄的里子是羊皮做的，散发一股膻腥味儿，但确实暖和，足以抵挡肆虐的寒风。窗外，刀子样的北风在屋檐下的冰溜子上咝咝缠绕，好像两只夜游的生物在对峙中较劲。

老姑家所在的桦树屯，地处白山脚下，以种植蔬菜闻名，叫菜大队，再加上家禽养殖、跑山采野，这些东西都可以拿到集市上换钱，总之这里比山东老家的日子好得多，能每天吃上一顿白米饭、豆腐炖白菜，还有香喷喷的苞米糙子。当然也有高粱米一类的粗粮，但老姑会把粗粮加工一下，做出的食物口感也香喷喷的。

大约一周后，我就和屯子里的小伙伴们熟络起来，要好得像一锅麦芽糖黏到了一起。我们每天晚上都在野地里玩耍，大呼小叫地奔跑，从嘴里呼出一团白汽；我们做各种游戏，常常一玩就是大半个夜晚。这要归功于亲爱的大表哥，他是屯里的孩子王。

当时，大表哥是我在世界上最佩服的人，没有之一。他人长得帅不说，还聪明至极，老姑说他脑袋里装满了"花花点子"，但却没有半个坏心眼儿。从夏天到秋天，大表哥带着我们下湖游泳、捕鱼捞虾、捉迷藏,每人头上戴一顶树枝条编的帽子,像电影里打日本鬼子的游击队员。当时,大表哥已经长成一个大小伙的样子了,他早早辍学,但他似乎不想长大,也不想侍弄田地或者跑山采野,整天带着我们到处玩儿,无论他走到哪里,笑声就在哪里星星一样升起。他手拿一只铜质冲锋号,把全屯子里的孩子集合起来,列队喊话,高呼口号,一支队伍在黄昏的村巷走过,脚步咚咚作响,每人肩上扛着一支木头枪。入冬前,他打算仿照样板戏排练一出《红灯记》,手持一个笔记本,上面写满了密密麻麻的字,他本人出演男主角李玉和,眉宇间英气侧露,手提一盏用玻璃罩灯替代的"号志灯"。我提出要扮演磨刀人,大表哥上下打量我一番,说:"你太瘦,个子还没拔出来,不符合这个人物角色。"遂把磨刀人的角色安排给了一个外号叫"大豹子"的孩子。大豹子拖着两条长长的鼻涕,但身材比较健壮,两只眼睛瞪起来像豹子又像两只车灯,确实和《红灯记》中的磨刀人有几分神似。

晚上,大表哥召集一群孩子在马灯下开会,宣布将剧中王连举的角色分给了我。我当即表示强烈反对,大声嚷嚷:"嚓,那是叛徒!我不演!"

我把木枪往地上一扔,气得脸通红,扭身离开了排练场。大表哥始终保持一副气定神闲的样子,大步追上我,搂定我的肩膀,来到草垛边,语气温软,说这个角色好演,不用背台词,只需拿手枪朝自己胳膊上开一枪就完事了,"叭——就一下子!"一边比画着示范,"熊孩子,什么好人坏人的,都是演戏嘛!你个傻屌怎么当真了呢?嗯?!……"

在当时,对屯子里的孩子而言,被大表哥骂"傻屌"不是贬义,而是一件非常荣耀的事情,一般孩子享受不到的。事后想想,大表哥骂得似乎也对。

我噘嘴生气,大表哥就掏出一把熟花生米哄我,把一粒花生搓掉皮,花生米光溜溜的样子很可爱,像一只小动物,哧溜一下就跑进我的嘴里。大表哥又从裤兜里掏出一块白手绢,揩去我的鼻涕虫,让我破涕为笑。当时,一把炒花生米的诱惑,可以改变一个人的信念——完成从英雄到叛徒的华丽转身。

经过十几天的排练,离演出的日子越来越近了,大表哥带领我、大豹子等一干小喽啰走街串巷,敲锣打鼓,把墙皮震得唰唰落土。大表哥手持一具破旧的喊话筒,向全屯的男女老少发布演出公告:"大家注意啦,桦树屯菜大队的老少爷们儿,经过近一个月的排练,兹定于后天晚上吃完饭后,在大芦花荡场院地正式开演,望全屯老少爷们儿自带马扎……"

终于,演出夜如期而至,全屯的人几乎倾巢出动,蚂蚁一样占领了大芦花荡场院地。关于那个夜晚对我成长的非凡意义,在此不予赘述,只说三个让我至今难忘的细节吧。其一是,那日黄昏,通往大芦花荡场院地的路几乎被堵塞,远远看上去黑压压一片,整个场院地灯火通明,只有屯子家家户户的松油灯闲置起来,这对整个屯里人来说极其罕见——此事让我悟出一条道理,即灯火通明是一种热闹,灯光寂灭又何尝不是在演绎另一种幸福?其二是,在演出的过程中,台下鸦雀无声,屯子里开豆腐作坊的何二姑怀中吃奶的幼儿忽然大哭起来,何二姑没有丝毫犹豫,抡起巴掌左右开弓,朝怀中幼儿的脸蛋上烙上两个红掌印,一时传为笑谈;其三是,说来难堪至极,现在想想都还脸上发烧——在整个演出过程中,我承受着一泡尿的折磨,心思压根不在角色上。都怪老姑那天晚上熬的大楂子稀粥太好喝,让我把肚子喝到胀,以致上台后尿意及时来临,我本能地想找地方解决一下,但大表哥认真严厉的眼神让我吞咽了一口唾液,只好坚持上台。就这样,当叛徒王连举的戏份一结束,我就把脖颈上的白绷带(道具)一把扯下,像一支箭头飞离弓弦那样朝舞台后的黑暗地带冲刺……但最尴尬的事情还在后头,容我进一步叙述:由于当时物质条件所限,屯子里的孩子们都没有一条像样的腰带,而是用一根老粗布绳代替。平时,我都是系个活扣,需要时用手一拽就拉开了,当晚要演出,我害怕出意外,就爽快地系了死结,当我边跑边解裤带,终于冲到芦花荡边的时候,手中的死结非但没有松动,反而更加结实牢固……结果可想而知——呆立原地,我的下半身承受着一阵酣畅淋漓的沐浴和洗礼,那真叫一个不管天不顾地爱谁谁的痛快。我失口而出:"噢,天哪——"

在那一刻,我听到夜空的星星在耳边嗡嗡飞翔,一列满载松木材的火车在眼前疾驰而过,月亮下的云朵在列队游弋,而眼前的大片芦苇在秋风中沙沙有声,苇荡里潜伏的无数小野兽和小精灵们纷纷醒来,探头探脑地分享我的幸福。幸福过后,眼前的尴尬和害羞却不知如何面对和解围,被尿湿的整条裤腿会暴露一切。好在我并不太笨,稍加思索,我决定不再返回演出现场,而是飞快地穿越夜幕,朝老姑家的方向狂奔。途中有几次被野地里的葛藤绊倒,膝盖磕破了皮。进入房间,我拿出剪刀把腰带铰断,把湿裤子泡到了洗衣盆里进行清洗,东张西望地搭到晾衣绳上。然后,我在浓重的夜空下长长地呼出一口浊气。

这桩王炸般的糗事被我隐匿至今,似乎藏得天衣无缝。多年过后偶尔忆起,像享受一个巨大的秘密,我会独自坐在床榻边笑出眼泪。

《红灯记》演出成功后,大表哥在屯子里的名声和威望大幅飙升,人们看他的眼神都和从前不一样了,明显多了喜欢和钦佩,这让老姑在乡亲们面前感到脸上煞是有光。开明的老姑并不反对儿子所做的一切。大表哥没有丝毫傲骄之意,他趁热打铁,带领屯里的孩子们手提铁桶,以白石灰作染料,用一支扁平的大毛刷子,往每个胡同的墙壁上刷标语口号,什么"千万不要忘记阶级斗争""深挖洞,广积粮""备战、备荒、为人民""鼓足干劲,力争上游,多快好省地建设社会主义"等等,路过的村民大肆点赞:大表哥的一手美术字,真是绝了。除此之外,大表哥还瞒着老姑,从家中偷了半袋大米和几块肥皂,学着村干部的样子,把它们分送给屯子里的孤寡老人。

在那些天，我们肩扛木枪和木刀，早出晚归，披星戴月，觉得生活真是太美好了——抬头瞅一眼远处的景物，旷野、荒草、灌木丛连接着山峦，山脚下是大芦花荡，鸟叫声在屯子上空回旋。

但最令我难忘的，还是大表哥在林间挖掘的地窨子，它的形象深入骨髓，直到我写作时敲下"地窨子"三个字时，眼前立刻浮现出一片初冬的萧瑟树林，在白桦树与红皮云杉之间的空地上，兀现一幢半陷地下的木屋，屋顶上有一个铁皮烟囱，正冒出一缕淡淡的炊烟。

像一篇童话的插画，这真是梦境一般的存在。

转眼间，时令到了十一月，一场大雪颠覆了整个桦树屯的面貌，树枝和屋顶上都落满了白雪。老姑早早地把窗户糊上粉帘纸，生上炉火，把大炕烧热，从集市上拉回一马车胡萝卜和大白菜，储存到仓房的地窖里，给木栅栏里的牲口们备好过冬的草料，把鸡鸭和家兔喂饱，又将木柴整齐地码放在院子里，像迎接一场战争那样迎接漫长的严冬。而在这个时节，大芦花荡里的大雁早就趁月黑风高之夜飞走了，芦塘里结了厚厚的冰，大表哥曾经带领我们去捞小白鱼，一上午的时间就捞了两大铁桶，我则一个人钻到芦苇地里去，捡拾到一兜子被水泡过的野酸枣，带回家发现已经不能吃了，被老姑拌到猪饲料里喂猪。总而言之，桦树屯的冬天实在太冷，大北风像刀子割肉，孩子们的脸上长了硬硬的冻疮，蜷缩在家中不敢出门，大家都很郁闷，感觉快乐的日子就此中止了。

在突然的某一天,大表哥派大豹子通知几个要好的伙伴儿,到大芦花荡旁边的桦树林集合,等大家到了集合地点,都惊讶地瞪大了眼睛,这眼前的一幢木屋太漂亮了,而且从外观上看几乎是隐蔽性的,不容易被人发现,但进入屋内后才发现里面的空间不小,有两间房子那么大的面积。这、这是什么时候建造的呢?大表哥就笑笑,说这是草窨子,是早年间猎户一家人留下的住所,木梁子和门都是红松木的,还十分结实安全,我们是就地取材,改造成一个让大家玩耍的地方。大表哥抃着腰,哈哈大笑,说:"像不像座山雕的威虎厅?"

我们对草窨子内部环视一番,感觉这是一处缩小版的"威虎厅":两根红蜡烛照亮了整个草窨子,室内被炉火烧得热热的,大块的劈柴在炉膛内呼呼燃烧,气温足以抵抗森林内外的北风和暴风雪。

除了烛火和松油灯之类的照明设施,草窨子里还有锅灶,火炕上铺了一层厚厚的蒲草,门后则有几根粗圆木,是防止野物入侵的专用武器,入夜后可以抵住木门。在此后的日子,我们几乎每天都聚集在草窨子,先是学唱歌,后又练习写毛笔字,还读了许多破损的没了封皮的小说。当然,除了这些,我们也做过一些"坏事儿",诸如大豹子偷了何二姑作坊里的一块豆腐和一只小公鸡,加上木耳和松蛾子蘑菇,炖了香喷喷的一大锅,大伙饱餐一顿,感到十二分的惬意和满足。

我们还用自制的火枪打下了几只桦树梢上的野鸟——现在想想,都勾起我的一阵阵悔意。

最后悔的,是我时常感觉对不起英年早逝的大表哥,我曾经偷过他的一把火枪,藏在了院外的草垛里,害得他把来草窨子玩耍的伙伴们挨个儿怀疑了一遍,却唯独没有怀疑到我的头上。嘿嘿。

缓缓飘落的树叶

哈哈，我又犯了顽固的完美主义病症，把林间的生活想象得如诗如画，比如每天能够睡一个长觉，睡到自然醒，任谁敲门也不给开，只伸个懒腰扭身向里，睡足了才穿着睡衣下床，在壁炉旁喝一杯牛奶，啃个大列巴面包，听点巴赫的音乐，一边读几页诗。我发现诗歌可以清理睡梦中遭遇的一些不愉快，诸如坟墓、鬼魂之类的画面。先前我外出，习惯带一本小说，契诃夫或者卡佛，事后验证在旅途中很难将小说读进去。旅途中往往身不由己，心不静啊。另外在路上遇到的新鲜事儿，常常胜过小说情节，本人成了小说中的人物，你只管体味好了。

后来，我出门时只带一本或者两本诗集，诗歌和苍凉的异乡格调比较搭配，其闪电般的特性也和车窗外的景色和谐一致，那些云朵与河流，都诗一般流淌风一样自由。读到精彩处，我会忍不住脱口而出，朗诵几句，惹得同车的人从瞌睡状态醒来，一路兴奋。记得有一年九月，旅行大巴在阿尔山燕麦田间的公路上行驶,有人朗诵了一首普希金的《致凯恩》,满车的人跟着欢呼,大喊大叫,接着唱起了歌。在尘俗日子里滚爬的人,一年里也难得有如此忘情的时刻,而这些美好的场景只有在路上才会发生——在天降暴雨的时刻,风吹树叶沙沙作响的时刻,某一只野物在草场上奔跑撒欢的时刻,以及一轮饱满的大月亮在荒野上空铜盆一样滚动的时刻。在我看来,这样的时刻都是闪着光的,像春天的树顶响着鸽子的哨音。

打中学时代起,我对伟大的俄罗斯文学开始着迷,先是屠格涅夫的《白净草原》,后来是蒲宁的《米佳之恋》和普里什文的《林中水滴》——我至今记得自己在夏天乡间的梨树下阅读它们的情景:风吹动着一个少年人的短袖白衬衫,心底流淌着类似于荒漠中的一湾甘泉,眸子忧伤、清澈而又有几分茫然。那时候,求知若渴的我是多么想尽快弄懂人世间的道理,那些美妙的唐诗宋词出自古人之手,那些厚厚的哲学与美学出自遥远年代的先哲之手,但在当时,无论我用怎样的姿态去接近它们,使出浑身解数却仍然不得要领,至多略知皮毛,似懂非懂。这是成长路上必经的懵懂和迷惑吗?那时候,我羡慕青年时代的高尔基,他在流浪途中遇到了老托尔斯泰,就像在暴风雪的天气遇到了一丛篝火——托尔斯泰像对待自己失踪的儿子那样,把迷惘中的高尔基带到自己的庄园里,给他煮了一壶黑咖啡,让这个野性冒失的年轻人美美地饱餐一顿,然后带他去高大的橡树林中散步,阳光照耀着两个忽大忽小的身影,风轻轻吹着,空气中始终弥漫着一股野茴香的气味,让年轻的高尔基那一颗狂热却又饱受摧残的心获得安抚和疗愈,让他压抑在内心的反叛情绪得以稀释。我不能由此断定托尔斯泰对高尔基的创作起到了多么大的作用,但曾经有过长达十余年流浪生涯的高尔基性情中的温情元素,一定与这次会面有关。尽管,两位文学巨匠在此后的交往中也发生过争论甚至不快,但这只是一些文学观点上的摩擦,没有影响到两个人根深蒂固的亲情和友谊。建立在博大土壤之上的情感都是抗摔打的——公元1910年秋天的早晨,时年八十二岁的列夫·托尔斯泰离家出走,十一天后死于一个叫阿斯塔波沃的荒凉小站,死讯迅速传遍整个俄罗斯大地,正在意大利侨居的高尔基闻讯后抱头痛哭,仰天大叫:"这真是晴天霹雳!"他事后表述说:"我有生以来第一次哭得这样伤心,这样难受,这样厉害……是一种绝望的大哭。"整整一天,他都在为失去这个早年的精神之父而哭泣不止,感觉自己再次沦为孤儿,被冷漠的人间抛弃。

与伟大的高尔基早年漫游大地的经历不同,少年的我被县城压抑窒息的环境牢牢束缚。在我的中学时代,除了几个要好的文学友人外,我没能从成人世界里获得多少正面影响,更没有遇到一个经验丰富的人为我指点迷津。在小县城,成人世界除了关心世俗层面的事物,注重拓展精神格局的人十分稀有,聪明的人们围绕着吃穿、赚钱、升迁、拉关系展开活动,绞尽脑汁。在整个少年时期,我像一株野蛮生长的植物,独自徜徉在护城河畔,做一些不切实际的梦,性情敏感而脆弱,为一些微小的事物而烦恼。后来,因为体弱多病,我索性休学了,自此躲在父亲就职的县委宿舍独居长达两年之久,直到北上服役才结束。

在那一段孤寂清冷的时光里,我畅游于俄罗斯文学浩瀚的海洋中,满脑子都是茂盛的植被——森林、河流、湖泊、马车、雪橇、牧羊犬……我沉迷于露霞和冬妮娅们眼中的冬天,而对现实的世界视若无睹。很快,我的反常姿态惹来一片议论,有人甚至虚构故事,把黑状告到了我父亲那里,父亲不问青红皂白,对我施以严厉的责罚……事实上,除了见人爱搭不理,我没有伤害任何人任何事物。但在认知偏狭的县城,一个弱者即便只想好好地过自己的生活,也仍然会招来无端的挑剔和空穴来风的非议。记得在当时,我最渴望拥有一套隐身衣,需要时穿上它,可以在不喜欢的人面前消隐不见。

"人活着,要时刻想着与美好的物种相遇。"——如今回忆,我庆幸自己当时的弱者身份,它让我远离人群,远离肤浅的自负与自恋,将身心交给一次次长夜的阅读:窗外北风呼号,大雪纷飞,院子里的枯树结满寒霜;而我偎依炉火,仿佛置身于一座幸福的花园。

经验证明,年龄是个好东西,它让时间的暗礁浮出水面,呈现清晰的纹理。我庆幸,在内心贫穷的土壤,早早地埋下了俄罗斯文学悲悯的种子,以及性格中诗与火的元素。其实在本质上,是早早地与世间高贵的灵魂邂逅,它们弥补了现实的诸多缺憾,让我的生命投身于一次洛扎诺夫式的隐居,用毕生精力来完成命定的写作。

如今,像一片缓缓飘落的树叶,在茂密的丛林中,当我独自游荡于清澈的月光下,在仰望星空的刹那间,热爱并宽宥了世间的一切。

游猎者的黄昏

阵雨过后,林中的空气一度凝固了,像置身于一个大蒸笼里。暑气从树木根部向上升腾,抱成一团弥漫四周,弄得整个森林都湿漉漉的,分不清是雨水还是露水。拨开丛丛灌木,我的短袖衫和头发被氤氲的气息洇湿,黏在身上有些不舒服,索性脱了下来拎在手中。光线渐暗,在短短的瞬间,我的眼前出现了一片模糊,像罩了一张蛛网,树丛中的小路有些泥泞,金花鼠在脚下不停穿梭。我急于寻找一片空地透口气,就朝天空明亮的地方行走,像一头黑熊那样跌跌撞撞,沾了一头花粉。

走出幽暗的迷宫,一阵光线袭来,我睁大眼睛,顿时被眼前的景象惊呆了——平坦的草地上,一幢木板房出现在一片白桦树下,有点像传说中结构简陋的"木刻楞"。木屋外摆放着几只木桶,还有烧水炉、晒衣绳、劈柴桦等生活用具,我还听到了一阵叽叽咕咕的人语伴随着泼哧的水声。目光穿越小白桦林,我看到了白汪汪的一片水在晃。这样的水域,密密麻麻地分布在白山一带,面积大的像小湖泊,小的像我故乡平原上的池塘,而当地人一律将其称之为"水泡子",它们多半是百年前遗留下的火山坑,是大地肌肤上烫起的一个个"燎泡"。这时,我看到几个戴草帽的人正在岸边忙碌,有一个脸形瘦削的年轻人缓缓拉动渔网,很快把一团毛线似的渔网拉到岸上,只见从网里流出几条活蹦乱跳的白鱼。

我意识到自己冒失地闯入了游猎者的幽闭领地,心里顿时泛起一阵忐忑和不安。繁衍在白山一带的捕鱼人,尽管不属于什么秘密群体,但我听说这些捕鱼人大多是早年狩猎民族的后裔,骨子里还流淌着游牧民族野性的血液。他们的祖先曾经浪迹在高高的兴安岭山林,肩扛猎枪,大碗喝酒,大块吃肉,有过自己的骄傲,豪迈的笑声震荡山林,吓跑豺狼虎豹。如果在过去,他们都应该是一名"莫日根"(好猎手)。自从二十世纪九十年代全面禁猎后,猎人后辈们的生活天地便越发窄小,只能躲在低矮的草屋里唉声叹气。族群里最后一位老猎人早已死去,那个在漫漫冬夜里喋喋不休地讲述从前的人不在了——他的坟墓就在林荫深处,被族人用木栅栏围住,并布置了一个小小的祭台。

在广袤的山岭,无论是鄂伦春人还是鄂温克人,曾经的森林领地,早已归还给自然的天空和大地,用他们的话说就是"还给了山神"。如今,捕鱼人的活动区域也在日益减少,划分了季节和禁渔期。这是时代性的变迁,无可辩驳。总有一天,大地上的稀有物种将逐步被人类的法规呵护,细化到给一条野生的鱼和一只昆虫进行分类编号。

我一直对捕猎生活抱有浓郁的好奇,觉得它好玩儿,像做游戏。有一个美好得一塌糊涂的画面反复在梦境中浮现,历历在目:冰天雪地的极寒地带,一位老人乘坐一辆狗拉雪橇,来到结冰的湖畔,用斧头砸开厚厚的冰层,将钓饵探入水中,只须片刻光景即钓上一条又肥又大的鳜鱼,在冰层上打挺。之所以虚构一条鳜鱼而不是鲤鱼或鲢鱼,是因为有一年在松花湖畔,船主请我和友人吃了一次湖中的鳜鱼,那鲜美的味道被舌尖牢记。鳜鱼别名"鳌花",曾被唐代诗人张志和作《渔歌子》一诗称赞:"西塞山前白鹭飞,桃花流水鳜鱼肥。青箬笠,绿蓑衣,斜风细雨不须归。"张诗中的渔翁形象,自然是一幅古意丰沛的传统画作,意境中散发庄子的逍遥快活,与我虚拟的雪地老者有所不同。我想象中的捕鱼老人在贝加尔湖湖畔,积雪覆盖的荒野冰河,或在炊烟上升的白山脚下。而且,他每天有节制地工作,只捕捞够吃一顿的鱼就乘雪橇回家,回到他被木柴烘热的林间小屋。

事实上,当走近捕鱼人的生活,才知道无论捕鱼还是狩猎都是十分艰辛甚至危险的劳作。那一天,当我打着赤膊出现在捕鱼人面前时,他们居然没有丝毫惊讶,瘦削的小伙子只是瞟了我一眼,就继续去忙活白天里下在水沟的地笼了。见他们对我没抱戒心和敌意,我放松了许多,便产生了探究一番的想法。

我跟在瘦小伙身后,来到一条狭长的水沟旁边,主动帮助他起地笼子,一边套近乎攀谈起来。他果然是鄂伦春人的后裔,名叫白依图,早年他的祖先以猎野猪和驯鹿为营生,到了他这一辈,就只能捕点鱼了。白依图告诉我,他的家族中有三人死于棕熊之手,其中有一位是他的小姑奶奶。鄂伦春习俗讲究辈分,将父亲称阿玛,母亲叫额尼阿,对姑奶奶则称祖姑母。当时的祖姑母还没成年,整天在森林里玩耍,她在采蘑菇回家的路上迷了路,被一头迎面走来的棕熊扑倒,一篮子野蘑菇撒在地上。族人们连她的尸体都没有去找,因为不可能找到。在森林里,这样的血腥事件随时都会发生,猎人一生的全部荣耀,是从捕杀动物的惨叫声中换来的,是命与命的较量——历史的怪圈表明,任何种群的繁衍,都难逃这个宿命般的路线图。

"那是一朵娇嫩的花儿呀。"白依图感慨他早夭的姑奶奶。我跟着唏嘘一番。

"大鱼越来越少了啊,时常忙活一天没捕几条鱼。"白依图的思维是跳跃式的,直接从一百年前拉回现实。

"现在鱼是少了,连下雪天也少了。"我附和道,顺便安慰他。"我听青岛的渔民们说,大海里的鱼都少多了呢!"我告诉白依图,我来自青岛,那是一座海滨城市——我是一名来白山体验生活的作家。

"而且,"白依图表情凝重,吸了吸鼻子,对我的话似乎没听见,也没对我这个外地人感觉好奇,"小鱼小虾就直接放生了,不值得捕捞。"他说。我猜测,这口吻应该和朝着屯子里的人说话一样。

我们就这样前言不搭后语地唠着,一边把地笼里的几条鱼捯饬出来,是几条鲫花鱼,个头不算大。我试图劝他转型做点别的营生,比如去城里开一家餐馆。白依图似乎不为所动,嘴里咕哝了一句:"晚了。"一边说着,一边从怀里掏出一把贼亮的尖刀,麻利地豁开一条鱼的肚子,霎时,鱼腥气向四周弥漫。

时隔不久,我听说白依图成亲了,找了个来白山打工的外乡姑娘。族人们依照鄂伦春民族的传统方式,给他办了个热热闹闹的婚礼。婚礼过后,白依图终于离开了绵延起伏的白山,一路向北,加入了乌苏里江的捕捞队。

在林间住多久合适

　　山林中的春天比内地要来得晚一个多月甚至更久,转眼到了五月中旬,一早一晚的寒风,却依旧吹动着森林顽强返青的树叶,空气中游动着一缕紫花地丁的苦香味。

　　半个月前,我从那家森林酒店搬走,来到位于河畔的木屋子居住——河畔木屋的条件比森林酒店差远了,但我想体验一下真正的林间生活,掌握第一手资料,不想贪图安逸。至于在这里住多久合适,完全由我自己说了算。

　　上午,我从普里什文那里学习怎样完成计划中的工作:喝一杯新煮的热咖啡,找一块阳光充足的空地,趴在树墩上做观察手记,记下几天来的所思,以及林中的发现和变化。下午我沿着河岸行走,用相机拍下各种植物形态,除了乔木和灌木,更多的是贴着地面生长的花草:地锦、忍冬、葛藤、山荞麦等等。

　　遇到雨天,我便穿上黑皮裤和高筒雨靴,沿着河流走得更远,来到一座古朴的村屯,这个村屯看上去干净整洁,土墙和烟卤散发古老的农耕气韵。我站在一幢老磨坊前拍照和记录,脚下是大片柔软的草甸,植物刺鼻的气味从那里冒出。

有一天,在迷蒙的雨雾里,听到一阵窸窣声自草甸那端响起,似乎把整个山林都惊起一阵微微的震颤。远远地,我看到一幢草苫遮盖的屋舍,在忽闪的光线里钻出一对男女,有三十来岁吧,像是一对夫妻。男人仅穿一件粗糙的布衫,女人生得雪白而娇嫩,像一只丰满的大水萝卜。她的头上顶着一块雨布,双脚踩在一片软草里。这时候,我听到牲口棚里响起了两声牛的哞叫,像是在催促主人往石槽里添加草料。

但这对男女并没有理会牲口棚,而是径直来到磨坊边的一堆干草垛旁。他们从垛上扯下一小堆干草,然后将雨布铺开在草上。不一会儿,一个小小的祭台便落成了,一切都做得十分娴熟,得心应手。雨布上摆了三炷香、一碟肉、几只苹果、一碟点心……男人和女人对视片刻,双膝跪地,我听到一声粗犷的嗓音:

"大慈大悲的山神,让俺们的木耳、蘑菇、番薯和玉米,今年有个好的收成吧!"

接着,是女人在热烈地祷告:"各路大仙,让俺快点开怀,生个儿子……"

这古朴的仪式大约进行了十多分钟,天空似乎在有意识地配合这场纯粹的民间祭典,唰唰地打了几道狂欢的闪电,隆隆的春雷滚过天际,在河岸上炸裂开来。顿时,岸上高高的美人松、毛白杨、水杉和岳桦林,在微风里频频垂首,响起哗哗的叶声。

在山林中,类似的事情我还遇到过几起,让我感觉既新鲜有趣,又觉得好笑,内心杂糅着几分复杂的滋味,难以诉诸笔端。比如一些山民迷信"黄大仙",到了规定的日子给大仙们烧香磕头,已经形成东北地区的民俗,有人以"出马"为业,如果你迎着风雪游走乡里,一不小心就会碰上某个"出马仙"。但不管怎样,山民们对自然图腾的敬畏之心,对土地和这片山林,都有一定的建设性和积极意义。

在山林中,一个人的夜晚比较难熬一些:风吹动着硕大的树冠,常常会听到狼的叫声苍凉而悲壮地滚下山来,夹杂着风声、雨声以及河水泛涨之声,落入木屋中——仿佛大自然集中了它的威力,要摧毁这幢简陋的河畔木屋。

我倒在床榻上,冥思苦想,多半是一些杞人忧天的想法。对往事纠结的回忆像一把忧伤的古琴,在反复弹唱:生与死、对与错、爱与恨、宽容与懊悔、行走或停留……这些在匆忙的城市生活中难以触及与深入的命题。

世界上有些问题,其实是不宜追究的,追究多了人会陷入可怕的玄想,星群会从夜空掉落下来,让人疯狂。有一年,是一个静得出奇的夏夜,我与一位诗人朋友坐在黄土高原的沙堆上,曾目睹过星群在天幕悬挂的情形,它们像粒粒宝石,比平时的星星大出几倍,光源充足,照亮整个沃野。它们似乎与我们近在咫尺，伸出手即可摸到它的温度。我的朋友原本是一位血性十足的倔强汉子，面对这样的情形竟忍不住号啕大哭起来，倒在我的怀中诉说人世的悲伤和委屈。他在事后回忆说，当时完全像中了魔一般不能自持。而在经历了那个夏夜之后，他整个人变得温驯起来，有时羞怯得像个姑娘。

究竟是什么让人产生美丽的错觉？接连几夜，那种仿佛置身太空的不真实感又与我一次次神秘遭逢。有一刹那间，突如其来的恐惧紧紧攫住了我的思维系统，脑子里转动着一个念头，那就是如果我睡着了就会在毫无知觉的情况下死去，届时连梦也会被中止。而依照我目前的意志，当然是不想这么早早地死掉。在我的身边，已有太多的事例，比如十几年前有一位朋友突然在一次煤气中毒事件中不再醒来，致使他的诸多抱负都成了泡影。而在十几个小时之前，他还曾向我一遍遍讲述那些宏伟的抱负，煽动着我灵魂深处的不安与躁动：著作等身、荣誉、地位、金钱、爱情……而一股强大的外力使这美好的一切变成了残忍的结局，一个人，一张床，被上帝的一个呵欠轻轻地吹走，像吹走宇宙中的一粒飘尘。

接连几天，为了防止意外事件的发生，我往往会在夜半醒来，睁大眼睛，听着平时爱听的音乐，一遍又一遍。我插紧了门闩，又把窗子打开一条小小的缝隙，为的是既可以防止野物入侵，又不至于让屋内的空气过于窒息缺氧。然而即便如此，在黎明时分，难以抵挡的困意还是袭来。

早晨醒来，我都为"还活着"这件事本身而暗自庆幸，咿呀开门，为低头即能见到一片植物，上面还缀满透明的露珠而惊喜不已。

尽管承受了许多思虑，在林子里也有遇到"邪性"事儿的可能，但我却没有离开的念头。依照计划，我将在这里住到秋天来临。立秋之后，我打算去呼伦贝尔草原采访。在我看来，森林与草原就像一对孪生姊妹——从森林到草原的距离，只差一条公路。

此刻，仰望巍峨伟岸的山顶，我知道真正的春天乘坐一辆马车来了——谁也阻挡不了她占领大地的脚步。半月前山脚下的积雪早已消失殆尽，冬天里枯死的茅草，在雨水的浸润下泛出大片鹅黄，四周原本空落寂寥的林间山野，忽然有了灵性：布谷鸟的叫声自远处传来，土壤变得松软，一种名叫"拉拉蛄"的昆虫，开始了最初的活动。这是一种害虫，整整一冬都居住在荞麦田里，吃荞麦苗根部的麦皮，会伤及生长的稼禾。

我知道，当一场雨水过后，泥土中又会冒出一批会飞的昆虫，在空气中发出嗡嗡的鸣叫。青蛇会从蛰伏的洞中钻出来，在道路上留下爬行的印记。

春天的土鳖虫

春天初至的几天,白山脚下的光线,上午和下午有所不同。具体而言,上午的光线像从空中撒下一袋酵母,把泥土从里到外照得温热而蓬松,植物萌芽的气味从地表大面积地发散出来,刺激得人忍不住流眼泪,或者打喷嚏。而在那一刻,我正在山脚下沿河散步,身上微微出汗,不时弯下身拨弄草丛,发现碎草间开出了一簇颤巍巍的小花。当我行走了大约一千米左右,而后折身返回细细观察,却惊喜地看到小花旁边结出了一串穗芒的幼芽——这是自然神奇的能量,以秒杀的速度把严寒驱走,换上新春的衣裳。

我抬头望一眼远山,看到一团乌云正在山顶集合,似乎还打下一道微弱的闪电,隐隐的雷声自天外传来。

我用目光扫视四周,忽然发现河岸上竟然出现了许多人,石头似的移动,有些莫名其妙。人们低着头走路,互相不打招呼,似乎把全部的注意力都集中到了脚下。我不禁心生纳闷,欲上前探个究竟,但人们的表情都显得严肃,像酒店房间的门前挂了"请勿打扰"的招牌。我暗暗企望从中遇到一个熟人,眼瞅着一张张脸从我眼前掠过,终于发现一个东菜屯的人,我就凑前低声叫住了他,情景像电影里的特务在对接暗号:

"哎,你是二偏吧?在找什么呢?"

这位叫"二偏"的少年,患有"唐氏综合征"。这类孩子自然是不幸的,他们仿佛拥有同一张脸,出自同一个机器模具,表情憨厚又有些夸张。听了我的问话,他看了我一眼,用鼻音嗡嗡作答。我没听懂,又问了一遍,才隐约听清了四个字:

"找土鳖虫。"

隐隐的雷声自远山聚集,我的脑袋"轰"地响了一下,眼前闪现一行大字:立春!蛰虫始振,万物竞发。

其实,立春日早过去了,但白山的春天比内地要迟到一两个月。因此,这里的春天像是一列晚点的火车,一旦发动就风驰电掣一般。

无论在白山还是在别处,土鳖虫都是名贵药材,具有活血化瘀之功效,而野生土鳖虫堪称珍贵,价格看涨。这些可爱的虫子们在立冬后潜入松土中冬眠,身体变硬四肢蜷缩,佯装熟睡,其实在侧耳谛听季节的变换,在心里一天天地数日子,企盼春天隆重的涅槃。当然,整个冬天是极其难熬的,在长达半年的时间里,它们不吃不喝,静待春天来临,天气转暖后钻出地表,有的展开双翅飞向丛林,完成雌雄交配,实现幸福;有的则成为人类瓦釜中的一味药,在砂锅里煎熬成粉末,灌入胃囊。

从河岸回茅屋的路上,我看到东菜屯已是一片忙碌的景象:人们拆散木条筑扎的篱笆,清理路边的碎石;也有人在小树林里用电锯尖叫着切割树杈;有一位老太太挎一只荆条篮子,到野地里去挖荠菜;那个在当地小有名气的捕鱼能手,正把穿了一冬的蓑衣挂在谷仓的墙上。在路过一块菜地时,看到一把矗立的铁锹,木柄上戴着一顶狗皮帽子。嗯,没有人,我在想——人呢?阳光照着正午的烟囱,炊烟夹杂着炖肉的香气在东菜屯上空弥漫。

我知道眼前的一切,像一个盛大的节日,都是为了迎接春天的到来。而那些河岸上的土鳖虫们,好容易等到春天来临,来不及看一眼白山的景色,就被囚进一只蛐蛐罐里,罐内漆黑漆黑,没有一丝光亮,还透不过气。于是,我找到"二偏",买下他捉到的半罐土鳖虫,寻一个僻静处,将这些相貌丑陋的小东西悄悄地放生了。

善良的烟囱

在森林的寂静时光里,人的大脑时常会陷入空茫迷离的状态,会对某个事情遐思良久,或盯着眼前的物景观察半天。

有一次,我从河边采野回来,听到河水在耳畔喧响,昆虫在空中嗡嗡飞过,眼前有一小块阳光移动到了石头上。快走到家门口的时候,我突然鬼使神差地停住了脚步,远远地盯着茅屋顶上的烟囱看得入了神,眼前兀现一个特写镜头,烟囱在意识中放大,周围的事物矮下来。我越看越觉得烟囱像一只老实的猫,形象憨厚又可爱,总之它不是一个静止的物体,但它又是多么安静啊。时常,大风吹刮着它,暴雨朝它泼水,而雪花会灌满它的嘴巴和胃囊,但它忍受着这一切,不急躁也不逃跑,始终待在屋顶的一角,好像在受苦修行,又好像在等待爆发的那一刻。

其实,它完全有爆发的时机啊,只要铆足了劲儿,用力一吸,把灶膛的明火吸到屋顶上来,就能把主人狠狠地惩罚一下。但它从来没有这么做过,即便在年节里,主人连续几天烧柴炖肉,而它累得要吐血的时候,它也从没有动过一丝报复或破坏的念头。

这是多么幸运啊,无论你住在什么样的房子里,遇上一只善良的烟囱是太重要了——它不忍心看着屋子的主人陷入窘迫与尴尬,永远不会把瓦片之类的杂物从屋顶上丢下来。

要知道,在神秘的白山,蹊跷古怪的事例很多,比如屯子里有个人在山里采到一块好看的巨石,费尽周折搬到自家院子里后,奇怪的事情发生了:石头在安放的瞬间碎裂了,是人们眼瞅着它一点点碎裂的,拦都拦不住,此前没有预兆和声音,像个慢镜头似的碎成了一堆废石渣。而在采挖它时,人们动用了钢钎和铁器,可见其材质是何等坚硬。

白山人听说了这件事,都议论纷纷,用一句话概括:"这石头不善良,有失厚道呀。"当然,也有人借此八卦,责怪那些从山里挖石头的人。

一阵微风把这件事悄悄告诉了善良的烟囱。烟囱听后,就在心里嘿嘿一乐,感觉受到一种奖赏似的。每天早晨,它默默地看着主人到林中劳作、捡拾和挖掘,有时坐在树墩子上记录什么;黄昏,他顶着一头月光的碎屑回家,洗一把手,弯下身在灶间烧火做饭,炊烟很及时地输送给烟囱,烟草的气息在屋顶上空弥漫,然后丢给风,乳白色的炊烟飘向河流那边的森林。

作为这幢林间房子的主人,我早就听说石头的碎裂之声比落雪还静。可惜没有在现场看到,没有目击的感受,因此也就没办法将石头与烟囱做一番比较。

而据说烟囱体内积蓄的能量比一头公牛的力气更大,难怪它有时会在风中发出一阵谁也听不懂的吼声:呜呜呜——呜呜呜——那一刻,整个森林都被一只烟囱吹响。

此时,恰好有一辆绿皮火车从森林中呼啸而过。火车把森林刮风和下雪的消息带向了南方——这个时节,南方的春天已经来临了,到处都是嘤嘤飞翔的蜜蜂。

结果,火车带来的消息被一群路过油菜花地的燕子听到了,这群燕子便从千里之外飞来,在烟囱旁边筑了一个泥巢。

燕子要和这只善良的烟囱做伴,安慰它的孤寂。

劈柴的声音

白山脚下的寺院,香客不多,但却是个醒目而又幽寂的存在。

在外人看来,它有几分神秘、几分淡定,但又似乎可有可无——不管世界运行到了哪个时段,天上的云有自己的事情,地上的草也有自己的事情;山林里生灵的事情更多,它们在丛林中各自忙碌,昼夜不停。

而白山一带的人们,最重视的当然是眼前的生活,劳动构成了每天的主要内容:一年四季,打鱼人在深夜修补渔网,或加工制作鱼干;采山货的人起早贪黑地在森林里转悠,他们关心集市的行情;种植草药和花木的人,则守着苗圃度过日月,他们害怕下冰雹。剩下的一些老人,仍然是侍弄几亩荒地——春天种上土豆,秋天收获,到了冬天,把大白菜搬运到地窖里。

当然,围绕着白山过活的,还有一些游手好闲、好吃懒做的人。这些人在屯子里名声不怎么好,但若细加追究,也说不出有什么要紧的劣迹,无非是爱占点小便宜,年轻时偷了谁家的一只鸡,或向谁家借了一袋米没有归还。

山林连接河流,屋舍连接土地,大地连接天空,日光与星光交互照耀人间——这些物象元素,构成了白山一带的生态链。

在白山,砍柴的旺季主要分布在入冬前和立春后。前者是为了应对严寒用柴取暖,后者却是为了炖煮美食,吃饱了好有力气在春雨中种植和耕播,把葵花子和土豆芽埋进土里。

我曾乘坐一辆轻便拖拉机到山里拉柴,印象中走了好远的路才来到一片林中空地,我躲在一件军大衣里,一路上冻得牙齿咯咯打战,下车腿发软,好容易站稳了脚跟,抬眼看见数十只乌鸦绕树乱飞。说是拉柴,其实是捡拾冬天被暴风雪刮断的松树枝。在当地人眼里,松枝属于上等柴火,燃起的都是硬火——用硬火烀的肉香极了,而且松枝本身就散发一地的香味,这种火远胜于炭火,在灶膛里可以燃烧一个晚上。

下等柴是一些玉米芯、荞麦秸、豆秸、灌木杂草之类的植物秸秆,燃起的都是软火,懒洋洋的没有力量,续柴稍不及时火焰就会自动熄灭,而且要命的是,软火还爱冒狼烟,呛得人眼睛流泪,一顿饭做下来,好像大哭了一场的老妪似的,眼睛又红又肿。

当然,最好的柴火还是劈柴柈子,那种老林子里的疙瘩木,劈好了整齐地码成柴垛,很壮观地码在院子里,可以烧一两年甚至更长的时间——这种柴火谓之"陈柴",除了万不得已,人们舍不得把它们轻易填入灶膛。

时间久了,它成了白山脚下的一道风景线:"笃——笃——笃——"

一年四季,从早晨到黄昏,劈柴的声音自山脚下响起,波及整个山脉,惊飞那些在林中栖息的鸟和鹰。

话说那次上山拉柴,大部分活儿让同行的"老把头"做了。而我仅仅干了一点点活,就累得腰酸疼,整个过程都在观察地貌,数了几个老树墩子上的年轮。我扒开积雪,找到一簇簇埋在雪地里的金色花蕊,当地人管它叫冰凌花。

上山拉柴,一桩小小的劳作,却让我对人间的事豁然有悟——那些看上去简单的事情,一旦动手体验却会让人感觉吃力。深夜静思,我重新梳理了一些早已板结的观念,发现人类是多么肤浅啊,肤浅到极易盲目自信或夜郎自大。

我从木柴里认识到许多东西:岁月、死亡、生命和火的冶炼。

那天早晨醒来,我从山脚下的寺院经过,一阵悠扬的琴声吸引我驻足。透过院门,我被一个静止般的画面惊呆了:只见寺院正房的门大开着,一位身着青布长衫的琴师在认真地弹奏,两位僧人端坐一旁静静谛听——从琴师的指缝间,流出了冰雪融化的声音。

而在寺院门口,一个樵夫模样的汉子,神情淡定,正在从容地劈柴。他挥动斧头的弧度与山坡投射而来的晨光融为一体,随着劈柴声雨点般洒落,一股松香的气味覆盖了周围的一切。

狼吼月

白山的冬天冷得伸不出手,猎人们在半山腰攀爬时憋不住,只好尴尬地把一泡尿解到裤子里,当一股热流顺腿而下,感觉到瞬间的快意,但十几秒钟后报应就来了——被尿湿的棉裤变成了洋铁桶,紧紧地箍住下半身,这让猎人成了吊在半山的蛹虫,动弹不得,等力气耗尽,实在撑不住,一不小心就会从山腰上掉下来。从山下落下块石头会激起响亮的回声,但人落下时没有。许多人搭上了一条命,有的则就此残疾,到老了一瘸一拐地在屯子里转悠,或提着马扎子到磨坊前晒太阳,目光迷茫地盯着远山发呆。

人老了,他们更加惯于沉默,很少向人们讲述过往,懒得讲只是说法之一种,主要原因是没有听众,或者不怎么会讲,剪不断理还乱。偶尔唠起嗑来,也只是从记忆中打捞出一些碎片,磕磕巴巴地串不成一个故事,听者往往一脸茫然。事后猜想,这是其长期独处生活、无人对话的结果,成为"失语症"患者——他们年轻时在山林里一待就是大半年,除了风声,就是树枝与树枝的摩擦碰撞声,以及露珠般透明的鸟叫声——仔细琢磨一下,便觉得他们这一生,多半的时光用来和野兽交手,有的人终生未娶妻,晚年没有子嗣,过得好寂寥。

在东菜屯,我见过几位这样的老猎手,他们略显忧戚的脸上皱纹密布,你丝毫看不出其在年轻时曾经声名显赫,奇遇多多,甚至战果非凡。当然,曾几何时,他们被屯子里的人视为英雄,身边围绕着各种传说,每次下山,在屯子里住一阵儿,除了备足上山的粮草,还会搜罗几麻袋艳羡的目光。一般来讲,猎人在屯子里,至多住上半个月就按捺不住了,不是不想久住,而是总感觉到一种神秘的力量在催促,眼前出现各种幻觉画面,体内血液涌动。我从好几个人嘴里得知,他们几乎都做过一个内容相同的梦,夜半从土炕上大叫一声,从梦中惊醒——他们梦见一头狼撕咬自己的胳膊,鲜血淋漓。坐起身来,瞅一眼发白的窗户,看到那头狼叼着一只胳膊逃走了。定睛看时,幻觉消失,画面渐呈清晰:雪正在窗外沙沙地降落,风摇动着白桦树梢,一只烟囱被严寒冻裂,露出一块熏黑的残瓦。

在这个世界上,猎人与狼的关系微妙而复杂,猎人时刻关注狼群的动向,仿佛天文学家在夜间关注某一颗星的变化。一方面,他们对狼又爱又恨,视它们为猎物,从它们的身上讨饭吃,希望更多的狼死于自己的枪口之下;另一方面,又隐隐地希望狼族不要从大地上彻底消失,代代繁衍。这样一来,对手的存在会让狩猎成为一门古老的职业。

而在平时,他们的脑海里几乎被一群狼的影子占满,或者被野狐、山狸占满,我不禁怀疑他们体内的人性元素被抽走了一部分。在东菜屯,我见到一位失去左臂的老猎手,乡间传说,他的左臂被棕熊衔走,而他坚持打完了枪膛里最后一发子弹。

还有个老家伙,向我讲述狼吼月的过程,听得我惊心动魄——狼吼月一般在秋天,这时节暑热消退,整个白山气温变冷,空气稀薄,视野开阔,山谷里的月亮何其孤独!霜露浓重,乌鸦飞翔,它却迟迟不肯露脸。而狼群到了繁衍期,它们需要一次种群层面的休整,除旧布新,凝聚狼心,抱团取暖,应对即将到来的冬天。黄昏时分,头狼率先登上山顶,发号施令:"嗷嗷——嗷——"它要用长长的啸叫把月亮吼出来,让潜伏各处的野狼在月光下集合。仿佛在祈求上天的护佑,一声声,如泣如诉,声调里充满了绝望与悲戚,但它会义无反顾地吼下去,直到吼成摄影师镜头下那张经典的照片。

老猎人说,对于狼族而言,一年一度的狼吼月堪称一次盛典——头狼为了完成这一重大使命,会把声带吼破,血丝顺风吹远,整个空气中弥漫一股血腥气息。更有甚者,一些头狼耗尽了力气,在惨白的月光下气绝而亡。吼月之夜,有体弱多病的老狼在惨白的月光下死去——它们将死亡看成一次出征的演练。

蛐蛐在草丛中鸣叫。而一轮月亮正从容不迫地上升,饱满欲滴。

松油灯

大风呼啸着吹响森林,这时候烟囱像一个灼人的秘密,吸盘一样牢牢地抓着林子里一个孩子的思绪。有许多个白天,他围着房屋观察,百思不解,想它孤零零地伫立在屋顶上,只在妈妈做饭时冒出一团团炊烟,为啥哩?这简直没有道理。不信你看吧,一大早,辛劳的烟囱就冒出一股笔直的烟,又被风吹散,袅袅地飘向河对岸。天地间响着各种混杂的声音,像无数野兽的哀鸣,让人听了心惊胆战,以为很快会有大事情发生,比如远山崩裂,积雪粉碎,沉默百年的火山口喷出血一样的岩浆。

当然,这担心是多余的。在冬天,这不过是森林生活的日常状态,如果天晴,太阳出来把雪地照得亮亮的,到处都很好看,就让人从内到外感觉踏实了——雪地上散发出腐叶的气味,让人闻了头晕,陷入短暂的麻醉与恍惚。

他的耳畔响起妈妈说的一句话:"在这方圆几百里的大森林里,若想知道有没有人讨生活,看看哪幢房子的烟囱是不是冒烟就知道了。"

既然烟囱的存在如此重要，它理应有一个复杂的来历，每天晚上睡觉前,他会围绕着烟囱展开无限的遐想——这幽深的烟囱里,是不是也住着一家人呢？他们专门负责清扫烟囱内的垃圾和烟灰,要不然烟囱早堵死死的了。妈妈每天要做三顿饭,烧那么多的柴火,全靠住在烟囱里的人疏通清理。他还设想了一个温馨的画面:烟囱里先是住着一个白胡子老人,他很寂寞,每天默默地打扫炉灰。后来,又来了一个陪伴他的男孩,是老人的孙子,长得活泼可爱,乖乖地帮着爷爷做活儿——自从他来了,老人终于安心了。住在烟囱里的人来自遥远的天际,是另一个冰天雪地的国度,那里的人没有烦恼,只知道整天围着篝火唱歌跳舞,做着庄严的祭祀,遇到祭祀和节日的时候,他们便会一溜烟地消失,回到自己的国度。

诡秘的遐想在他脑海里存在了整整一年多的时间,这成了一个压迫在他心头的秘密。要命的是,他甚至怀疑妈妈也知道烟囱里住着两个人的秘密,只是心照不宣,相互都不说破罢了。因为在春节前发生了一件事,让他产生了狐疑。

那一天,场部派人送来了春联和红灯笼,妈妈和那人有说有笑,妈妈在灶间打面糊,把春联贴到门框上。那个人踩着木树墩,帮妈妈把一盏灯笼挂在了屋门前,按理说门前应该挂两盏红灯笼的,森林人讲究"好事成双"嘛！但奇怪的是,妈妈对那人低声说了几句话,一边从仓房里取了木梯子,让那人帮着,把另一盏红灯笼挂到了烟囱上。

他见状,心扑通扑通地加快了跳速。他想,要过节了,这是妈妈向烟囱里的白胡子老人表示谢意吧?烟囱里黑灯瞎火的,这下终于有点亮光了。他高兴地向妈妈挤挤眼,妈妈冲他笑了笑。一种欲念突然间从他脑海里冒出来,他想说:"妈妈,烟囱里的爷爷……"

话到嘴边,又吞咽回去了,他想和妈妈之间保守这个秘密。

森林里气候多变,时阴时晴。这时候的妈妈,已经有了多年的森林生活经验,她的防护意识很强,每天做活儿时要打开收音机,随时接收外部的信息,主要是天气的变化。她似乎把所有的细节都在盘算到了,一样也不落下,稍有闪失就会有后果显现。

他想了想,觉得妈妈做得最细致的地方,要数在一个个刮风下雪的晚上。

知道晚上可能要下雪,她做的准备事项就会比平时多,天傍黑时,会从门外多取一些劈柴,把大炕烧得滚烫,封上火门,保持温度的稳定性。然后,舀上一碗凉水,置于炕头,这样可以让室内保持一定的湿度,孩子们不会在第二天上火,喉咙疼痒。一觉醒来,用手试试水温,可以大致了解气温与人体所需温差,再作调节。睡觉前,妈妈会检查一遍小屋内外的安全隐患,窗户上木板条是否被风拆散,从茅厕把尿壶提进屋,摆放在火炕下。还要到干草垛里捋一抱干草,放到牛栏里,放上牛够吃一晚的饲料,每次都放到鼻孔间闻一闻。天色渐黑,妈妈还要提着马灯,踩着积雪走一段路,到五十米开外的小仓房去做一件好事儿——给雪天前来避难的野物放上一些吃食:糙米饭、野猪骨头之类,再放上一碗苞米楂子粥。

做完了这一切,天已经完全黑透了,妈妈把木门用一根松木杠子顶住,门外是厚厚的毛毡子。

最值得称道的工序,是点松油灯。点松油灯前,要把地面清扫干净,白天里布下的灰尘被集中到锅台前,留下清净温暖的地面,用手摸一摸是带有余温的。妈妈常说,日子对每个人都一样,全靠打理收拾,要不然区别就太大了,比如她把屋里收拾得干干净净,是洁净温热的,而别人家的地面是凌乱不堪的,屋子里的味道是污秽的,像过期的腌酸菜和馊了的干粮。

"我的小树叶儿,睡吧。喷——"

"嗯,妈妈也睡。"

"妈妈还要待一会儿。"

他在迷蒙中听见她收拾卫生的声音,她走路时与地面摩擦发出的声音,有时则是一阵细碎的水声,接着是一阵淡淡的水雾气弥漫开来——那是她在洗脸,手指轻轻地搓揉面部,或用热水清洗身子。一缕橘黄色的光线始终跟随着她。

入睡前的最后一项,是妈妈的一个亲吻,扑面而来的是一股雪花膏的香味。轻轻的,甜甜的,笑意绵绵的,妈妈从鼻息里呼出一丝柴火的气息,透着醉人的芬芳。在妈妈离开后,他忍不住挠了挠额头,因为刚才妈妈的刘海垂落的一绺头发把他弄得有些痒,妈妈刚洗过的头发还没干透,混合着松香发露的气味。

妈妈起身取下墙壁上的松油灯,划亮火柴,把灯点亮,再小心地放回墙壁上的凹槽。松油续得满满的,因为那盏灯要保持不熄不灭,一直燃到天明。妈妈说,风雪天本来就怪吓人的,再没点亮光人容易做噩梦,过路的小鬼也会从门缝里溜进来。多年了,在下雪的夜晚点一盏长明灯壮胆——这是妈妈应对极寒天气时的精神法宝,屡试不爽。松油灯点上,微微的火苗顺着墙壁向上升,把墙壁和屋顶熏黑,燃烧的松油发出毕剥的声音,味道很好闻。

窗户外,雪已经沙沙地下欢了,他有蒙头睡觉的习惯,感觉这样做梦不受打扰,可以把一个美美的梦做到底,无所顾忌地进入一个幽深莫测的世界。无奈,半夜里,他被一泡尿憋醒了,他迷瞪着眼睛从被窝里钻出头,万籁俱寂,屋内一片鼾息声,只有一缕微黄的光线洒在他的脸上。

接生婆

雪下得很欢,马灯罩上蒙上了一层雾气,屋外的干草垛变成了一朵大白蘑菇,牛栏里的母牛正在给小牛犊哺乳,"吱吱"的吮吸声响彻森林。树梢在风雪中颤抖着,像是有千万张嘴巴在唱歌。如果仔细倾听,森林里除了牛嚼草料的声音,还有松鼠在雪枝下爬动的声音,野獾和山狸们在雪地上觅食的声音。只是在当时,这些声音他听不到,也听不懂,只知道吮吸自己的一根手指头。奇特的是,他一出生就睁开了双眼,黑亮黑亮的,形状像一片桉树叶,外婆说:"这孩子,眼睛长得像树叶。就给他取名叫'树叶'吧。"——可是啊可是,当树叶长到五六岁,名字就被人习惯性地叫成了"树叶眼"。

屋里热气蒸腾,外婆洗干净了手,洗净了剪刀上的血痕。她想盘腿坐到热炕上去,抽一袋旱烟,歇息一下。

妈妈虚脱地躺在炕上,额头上有一块白毛巾,炕沿上放着一碗冒着热气的红糖水——妈妈倚着枕头,眼睛笑眯眯的,那时候的妈妈才二十多岁,长得真俊哩。

三天前,外婆从野鹰岭对面的屯子里赶来,给妈妈接生——这是外婆第二次给妈妈接生了。白山时兴早婚,妈妈出嫁时才十八岁多一点。一抬花轿子把她从野鹰岭抬进了无边的大森林,自此成了猎户长的女人。刚来森林那阵子,妈妈每天被新鲜的生活刺激得无比兴奋,较之野鹰岭下的故乡野鹰屯,森林里什么都有:人参、木耳、黑蘑菇、野猪肉、野鹿茸、狍子肉、野兔子、椴树蜜、林下鸡、林蛙……还有妈妈爱吃的蓝莓和冻梨。但兴奋期一过,剩下的是面对漫长的寂寥——林海茫茫,山风阵阵,一轮孤月悬挂在远山尖顶上。望着苍茫的雪峰,妈妈就开始想念野鹰岭,那里有养育了她的亲人,有许多童年伙伴。当然,思念重的时候,她就打点行装,回野鹰岭住上两天。

妈妈很快怀孕,头一胎是一对双胞胎女婴,脐带缠着脖子好几圈,没活下来。妈妈说,那时啥也不懂,整个生产过程太痛苦了,折腾了一天一夜。不料,在外婆剪脐带时,才惊讶地发现妈妈的肚子里还有个小东西在蠕动,外婆惊叫一声,知晓女儿原来怀的是双胞胎,只是两个小东西严重营养不良,像两只小毛毛虫,生下来已经奄奄一息,很快就在火炉旁断了呼吸。妈妈不忍心看上一眼,只是从失神的眼窝渗出两滴大大的泪水。

怀上树叶眼后,妈妈接受了教训,拜遍了山林里的各路大仙,还按照当地流传的老方子,到林中采了几种草药,支起炉灶,煎药保胎,十个月都没怎么干重活,河对岸开垦的那块田很快荒芜了,秋天种上的土豆无人打理,荒到入冬,白霜打蔫了土豆秧子。眼看到了年根儿,只好捎信给野鹰岭,让舅舅小山根过来帮忙,把一亩土豆收了,用马车拉回河畔。土豆是全家人吃一冬天的蔬菜。土豆吃光了,再吃腌辣白菜、胡萝卜、蕨梗菜。

让妈妈欣慰的是,毕竟没白忙活,树叶眼果然是顺产,没让她太遭罪。树叶眼一落地,也没像别的孩子那样哭嚎不止,而是静静地谛听人世间的动静,他听到阵阵风雪吹打树枝的声音,烟囱在屋顶上发出呜呜的尖叫。一股冷气顺着门缝溜进来,他抓挠着粉红的小手,打了个喷嚏,把全家人都逗乐了。

在森林里,一旦遇到下雪天,镇上的接生婆便很难请到了,因为这些老巫婆们很会享受,一年四季,除了给森林周边的女人们接生,还跳大神出马仙,她们打扮得妖里妖气,涂脂抹粉,发髻上插上一支银簪,给屯里人一种神秘感。她们从春天忙活到秋天,早早地挣够了过年需要的钱,一到十月便"猫冬"了,任你翻遍全镇上的地窖也找不到,连老天爷都不知道她们藏在了哪里。人们猜测,她们是躲到了一处仙洞,那里的食物应有尽有,洞外有码成垛的劈柴,一冬天也烧不完。她们每天守着旺旺的火炉,在火炕上嘬一根烟袋杆,洞里始终弥漫着一股炖野鹿肉的香气,一直到来年开春,她们就打个哈欠,伸个长长的懒腰,三三两两地出动。不过,也有一些馋嘴的神婆子熬不过冬天,悄悄死在了隐居地,被人发现时尸体已经冰凉了,她们死前还在享受食物,嘴里含着半块熟鹿肉没有咽下去。人们还从她们身边搜到一些骗人的道具：一罐子黑狗血、一摞黄纸符咒、几根银针、一排木头小人儿之类。人们知道这是些忽悠人的玩意儿，却也出于对神秘事物的畏惧，不敢动手将其焚烧，怕遭报复。只是草草将巫婆就地埋葬，用石块封住洞口，任由风雨剥蚀。从此，这深山老林里便又多了一处隐秘的遗迹。

依照当地人的说法，巫婆们泄露天机太多了，要么可劲嘚瑟，要么太贪财，吃相难看，惹得山神"犯硌硬"了，要收走这类人的性命——当然，这类人似乎层出不穷，一波走了，还会有新的一波接续。

树叶眼从妈妈嘴里断断续续地知道，自己的外婆也是一个白山脚下路人皆知的接生婆——他听了微微一愣，心里泛起一丝酸楚的涟漪，增添了一种莫名的负重感。心想：外婆多好哇，她怎么会是接生婆呢。在当时，接生并不是个光彩的职业，受颇多非议，但全镇十几个屯子，在缺医少药的荒山野岭，谁家能离开接生婆呢？有哪个孩子不是她亲手剪断了与母亲连接的脐带？树叶眼在郁闷了一阵子后，终于听说外婆不像那些贪心狡诈的巫婆一样靠接生赚昧心钱，还因此在十里八屯落下个好名声，受人尊敬。树叶眼那咚咚跳的小心脏，才算稍稍平静下来。

外婆在他心目中，比寒夜的灯光还要温暖。她是天上一轮完美的月亮。

东菜屯的规矩

在东菜屯,有一家人张罗着盖一幢仓房,竣工的第二天,老天下起了暴雨,怎料新盖起的房子一沾雨水就轰然倒塌了,而这家人声称,他们是找了镇上最好的瓦匠干的活路。按理说,一幢小仓房倒塌也就倒塌了,这在山里是一桩平平常常的事,一切由主人收拾残局就罢。但事情偏偏不是这般简单,人们很快围绕着这幢仓房演绎出种种传说,神神秘秘,让人听了心惊肉跳。归纳起来,说法较集中的是:这家主人太过张扬了,连盖个仓房这样的小事都摆了几桌酒席,宴请了亲戚好友,燃放了烟花爆竹,弄得整个东菜屯没有人不知道的——人们说:就是的么!屁大个事情有什么可炫耀的,盖个小仓房又不是盖一幢楼。这下可好,惹烦了山神不是?再厉害的瓦匠和再坚固的石栏,也经不住山神一根小拇指头的戳点。

敬畏山神,是东菜屯人祖辈就有的规矩,几乎成了惯性,这与封建迷信无关,它早已演化为东北大地上的一种风情民俗——在这里,大大小小的祭典仪式随处可见,如在冬天的湖里捕鱼,网下水前有祭典;在河上建一座木桥或在山脚下修一条公路也有祭典;而婚丧嫁娶和逢年过节,更是免不了形形色色的祭典仪式,有时甚至杀鸡宰羊也要往大瓷碗里倒满酒,喝一口喷到空中,布置一个小小的仪式;我还听说有的人家讲究到早晨掏炉灰还要给灶王爷磕头的事情,不禁为之咋舌。不过,在东莱屯,有一个要命的问题令人迷惑,构成悖论,那就是谁家有了好事,功劳自然归结于山神,但若哪家遭遇不幸了,则是主人得罪或冲撞了山神。

总而言之,山神无过,而人无完人,随时都会犯错——有人割荆条伤了手指,是因为山神不允;有人采药跌落悬崖,则是山神怪罪那人贪心;有人盖房修炉灶,不祭自然不可,但祭过分了,也要遭受责罚。问题是,这个分寸怎么把握呢?这让我时常替东莱屯的人纠结和犯难,觉得他们活得太过讲究,讲究到把要表达的半句话说出来,而剩下的半句话憋到肚子里。

有好几次,我在东莱屯村头闲逛,看到有某个人推着一辆电动车往山里走,车后布褡子里露出半截草纸,就猜到这家人肯定出了什么状况,上前一打听才知道,是昨晚上他刚出满月的小孙子啼哭不止,估计是被哪路"大仙"压住了,需要烧纸求助于山神帮忙解困。

望着这位在泥泞的路上迎风而行的老汉,我忍不住问了一句:"灵不灵啊?"

老汉答:"信则灵。"

在一场大雪过后,我散步来到了一处高坡上,视野很好,可以鸟瞰整个东菜屯错落有致的房屋和牛圈,移动的人影和家禽,以及几缕懒洋洋的炊烟。阳光照耀着东菜屯,东菜屯在雪光的映衬下显得十分宁静,散发几分孤冷色调。如果不知情的人路过这里,根本看不出这个屯子里的人活得如此讲究,他们会因为白天里一句话说得不合适而彻夜难眠。

讲究到说给南坡的话不能让北坡听见。

雨落木桶

天蒙蒙亮,我们一行五人,尾随老把头的脚后跟,去白山深处采野。我们穿越一片森林,顺崖而下,见一湾流水,老把头打了一声呼哨,顷刻间从芦苇丛中驶出一艘木船,似桦木舟。众人上船,沿松花江一路向东,又转向北行,天上飞一只鹞鹰。船像箭头,击出一片浪花,像开了一朵白荷。

我伫立船头,一时心情大爽。凉风习习扑面,鸟叫声声入耳,沿岸都是葱茏葳蕤的灌木,悬崖峭壁,怪石嶙峋,芬芳扑鼻,此时江面平滑如镜,白云倒影清晰,远村却嘈杂有声,老牛哞叫,仿佛真的进入"两岸猿声啼不住,轻舟已过万重山"的仙境。

船行约莫一个钟头,山顶飘来一块乌云,日光消隐,天色骤暗。众人浑然不觉,依然在甲板上说笑,木几前放一碟五香花生,五瓶青岛啤酒,多半已空。船拐过一个滩头,阵雨降落,雨点如豆,砰砰地击打帆篷,我慌忙收拾行头,躲进船舱。紧接着,众人鱼贯而入,在舱内躲雨。忽然,我发现独独不见老把头进舱——难道这老家伙不怕雨淋吗？便哧溜一声钻出船舱，欲观其详。我朝雨雾中的船头嚷叫:老把头，老把头！定睛一看，却见老把头正独自撅着一只精瘦的屁股，从江中汲一桶水，吃力地提上甲板，将满满一桶水置于船尾。

老把头说:"我们人都去船舱里了，把这一桶水放到船尾，避免船体失重打漂。嗯！"

说着，老把头抹一把脸上的雨水，钻进了船舱。

我却待在舱外没走，心里一直反复回味着老把头刚刚说过的话，目光微湿。恰巧一阵狂雨袭来，船体摇晃不止，将老把头的水桶险些打翻，有一股水鲤鱼般从桶内跃出，水桶却终又稳稳立定，泼洒出的部分瞬间被阵雨续满。

事后得知，那只木水桶为老把头所专用——每次从山上采野归来，他都从江中汲一桶水，在月光下赤裸全身，将满满一桶水兜头浇下，失口大叫，这山林里放浪的日子，好不畅快哪，好不畅快！

桑叶镇的慈悲

登上码头,我们来到桑叶镇。老把头赤脚带路,去寻一家活鱼馆。

由于刚刚下过一场雨,整个桑叶镇的树木被雨水清洗得干净,阳光在街道上如水一样流淌,一缕紫光蒸腾在半空,伸手可及,我在瞬间产生了一种欲望:若是将一撮阳光捉到篮子里,岂不妙哉。

沿街往深处走,但见一排低矮的砖房,家家屋顶上,烟囱这边立一根矗立的电视天线;砖墙一角,立一辆散架的马车,车轱辘与车身早已剥离。朝里走,则是树林中的一座深塘,塘边野荷茂盛,张开圆形的大叶子,鸭子们"唧唧呱呱"捕鱼的声音泛上池沿。

这情景让我穿越回到二十世纪八十年代末,正值年少的我,与桑叶镇的缘分拉开了序幕,当年情景至今历历在目——那一年夏天,我去桑叶镇给生病的父亲买一种祛痛的膏药,镇上有一位文友出面招待。事情办妥后,文友约我体验久违的乡间生活,在他们家承包的几亩水塘里采藕,我无意间捞出一捆沤了很久的蓖麻,上面沾着新鲜的淤泥,散发植物腐烂的气息。

入夜,和文友一家人在昏暗的光线下剥麻,身边不时响起一阵小生物的窸窣声。我管文友的父亲叫山伯,遂问:山伯,还养着什么小动物吗?山伯解释说,是家里的老鼠刚刚产下一窝幼崽,邻居送来了毒鼠强,他不忍下手布局,觉得一窝小生灵刚刚降临世间即遭毒杀,会遭造物主的责罚。山伯说,在乡间有一种祖上传下来的规矩,无论任何生物一旦出生成形,就是神灵的安排,即便是老鼠这样的祸害,也要等它长大些再灭除掉。记得,我当时听了表示不解,觉得人类伪善,既然最终要挨刀,莫如给个痛快,大可不必"养肥了再宰"。事过经年,我终于找到一种合理的解释——老鼠长大的过程,意味着此种生物品尝了世间的滋味。言外之意,只要见过世面,死也值了。

三年后,我又有一次采访机会来到桑叶镇,此时文友已经南下广东打工,我便向镇上人打听山伯的现状,人说山伯坟头的青草已有一人高了——他是在半山腰采药时发病死的,大约是突发心梗,人从山腰上滚落下来。奇怪的是,一株山坡上的桑树接住了他,让他的身体保留了完整的样貌。乡人从石崖上把他解下,请来了镇上的唢呐师,吹吹打打,办了一个体面的葬礼。

每年,桑叶镇都会有采野人命丧黄泉,跌落山崖,或缺胳膊断腿,或血肉模糊,几乎没有一具全尸。

"而他面容安详。"那人说,"这是修来的福报哩!"

自那以后,桑叶镇在我脑海里,像桑树上结了一块疤痕,渐成遗迹。

万没料到今天,我又来到了桑叶镇,只是世事大变了!不禁感慨系之。中午,大家说说笑笑,喝着从船上搬下的散装老烧,吃的是当地有名的野生活鱼,猜拳行令。

我望着如黛的远山发愣,愁眉不展,陷入遐思。没有人知道,我心里的阴影面积,正一圈圈扩散。

插树岭的忧伤

时值正午,路过一处偏僻山坳,周围奇峰陡峭,怪石突起,一团乌云聚集在野岭上空,不时洒下几颗间歇性雨滴。拨开丛丛野树,但见一条逶迤小路,由窄渐宽,尽头是一座荒屯,只有三十几户人家。村前立一块巨石,刻有"插树岭"字样。

我们一行人,原为化缘一口吃食而来,此番误入插树岭,也是缘分。野岭人豪爽仗义,说俺们屯子地处太偏僻,平时难得见到外乡人进来,今天来了几位稀客,好不喜庆!遂拿出最好的食物招待:猪肉炖粉条、山鸡炖蘑菇、鹅蛋炒香椿芽、紫菜地皮汤等。众人采了半天野,肚子早已饿得前胸贴了后背,一阵狼吞虎咽后,才想起与店主寒暄客套,唠起家常。

店主是个年届七旬的白须秃顶老叟,左额间有一块白癜斑,不大,却有些晃眼。闲聊中,他手指着眼前一片绿油油的青山,讲述了一则缠绵悱恻的爱情故事,听后动容,记录如下:

话说七十年代,从城里来了五个知青,清一色的男娃,个个意气风发。他们插队插树岭,和贫下中农一道,在大山里耕田种植,侍弄果园,一干就是五年。1978年,上面来了政策,知青们陆续返城,插树岭却独留下一个叫孟川的小伙子没走。插树岭的人都知道,孟川来插队的头一年,即和村花珍雪恋爱。人们说,几年下来,如果没有珍雪的安抚,孟川早就死掉,因为有一年山林里起了大火,珍雪曾披着湿棉被救过孟川的命。

这个面皮白嫩的孟川,父母早年离异,单亲的家庭让他成了忧郁王子式的书生,满脑子的幻想和文艺,还时时陷入伤感。刚开始插队那阵子,他吃不惯山里的食物,睡不惯山里的火炕,听不惯山里人土得掉渣的方言,但自从有了如诗如画如天仙般的少女珍雪,孟川的心理创伤渐渐获得治愈,在深深的大山里享受着天籁般的爱情,真叫幸福啊。孟川决定在插树岭一辈子扎根,他因此成了公社的典型人物,一度遭到插友们的艳羡和嫉妒。

哪知世事难料,人世间的得失并不因一时的情势而恒定。插友们返城后,失落和孤独开始折磨孟川,他的脑海里晃动着伙伴们返城后的画面,心情忧郁低沉。不久,他收到几封来信,返城插友难免言语间流露一种"逃离苦海"的优越感,甚至还跳出几句讥讽,这让孟川的情绪降到冰点。

三个月后,孟川决定返城,但他并不打算与珍雪分手。他找到珍雪,讷讷诉苦,试图让珍雪相信自己。但珍雪倔强,低头沉默不语,并无表态,转而把孟川的想法透露给了村长白叔,白叔二话不说,就命人将孟川扣押看守起来。

孟川被关进了小黑屋,一关一个多月,天天以泪洗面。一天,轮到屯里的一位老光棍看守。老光棍外号"酒忙",因为他腰间常年挂着两只葫芦,里面装着屯人自酿的老烧,不时地闷上一口,又长长地朝空中吐一口气。

酒忙年近四十岁,尽管尚未成婚,但心地良善,具同理心,见孟川痛苦,好言相劝,聊着聊着动了恻隐,问孟川是否真要抛弃珍雪,孟川擦拭泪水,当即对天盟誓,说返城后定要回来迎娶珍雪,若不兑约,出门让马车轧死,天降火雷劈死。

酒忙哭了,说:"兄弟,哥信你了。这样吧,屯里人都知道我嗜酒如命,醉了便要长睡不醒,今天哥要把两葫芦酒喝光,你就趁我睡时跑了便是。"言毕,自腰间摘下葫芦,揭开木塞,咕咚咚,把葫芦里的酒一饮而尽。

孟川如法炮制,逃离了小黑屋,抄小道去找珍雪,不料途中被屯里好事者发现,一声嚷叫,孟川受到惊吓,只好钻山入林,赤脚狂奔。孟川在林中历尽艰辛,瘸着一条腿返回了城里。

半年后,孟川如愿招工,进了一家发电厂。一切安排妥当,于是约了两个知青,借了一辆三轮摩托返回插树岭,一进屯子,即被村人围住,一个天大的消息如五雷轰顶,秤砣一样砸来:孟川逃跑的第七天,珍雪在他们约会的老杨树下上吊自杀。孟川跑到珍雪坟前,抱头号啕大哭,又来到珍雪家里,朝两位老人磕头,以求宽恕。

而故事的后续,则令人唏嘘——自那以后,孟川每年清明节都来插树岭祭奠珍雪,跪在坟前以泪洗面,喃喃自语。在度过第五个清明时,珍雪的父母受了感动,抱住孟川,劝他忘掉这段情缘,人死不能复生,明年不必再来祭奠,赶快找个合适的女人成家过活吧。

但孟川却依然故我,一直到珍雪死后的第二十二年,仍旧未婚的孟川已经四十五岁——这是他最后一次来插树岭过清明节。在珍雪的坟前烧完纸,说了一番话,吐了一口鲜血,染红了坟头的草穗。回城第三天,孟川就死了。有人说他常年抽闷烟,一天两包,八个月前查出肺癌,已是晚期。

故事讲完,感觉有点像一度流行的歌曲《小芳》的翻版,但这则故事确系真实发生过的,没有半点虚假。我一边做着记录,一边感慨时代铸就人的命运,恰如汪洋中漂流的一叶扁舟,常常令人无可奈何。

日记:采野之书

夏天来临以后,我跟随采野小组走在山林中,一些稀奇古怪的事物会随时遇到,突然而至的暴雨和冰雹自不必说了,拦路求食的动物也相当平常,这类小事会很快归于日常的遗忘。但有一桩小事涉嫌"迷信"或"灵异",至今难忘,需要记下。一天正午,我们一行人正在一片宽阔的河岸上行走,肩上背着行头和当天采到的山货,每个人都有些疲惫了,为缓解气氛,老把头鼓起右腮,在无名指的配合下打了一个响亮的呼哨。声音落地,刹那间天色暗下来,平地里无端地就刮起了一股旋风,一个黑黑的大圆柱子立在大家面前。老把头见状,大惊失色,慌忙跪地磕头,掌掴嘴巴,说是自己轻浮,无意间冲撞了神灵,见黑旋风仍在呜呜盘旋,割草如刀,碎叶与杂草飞得满天都是。老把头额头汗珠如豆噼啪滚落,叩头如捣蒜,请求宽宥,口中自是念念有词,诉说一路采野和人生之不易——此时,令人吃惊的一幕发生了,只见旋风柱像一只陀螺,转速渐小,直至熄灭,末了,留下几枚铜钱古币。众人上前点数,恰好五枚,与我们一行人数相符。

整个过程,我呆立一旁,欲打开视频功能完整录制下来,手机却诡异地不予配合。无奈之下,只好拍下几幅光线模糊的照片,权作记忆提示。

一路上,我们还遇到过诸如孤狼拜月、野狐娶亲之类的神秘事件,传说中的画面被一一印证。我还看到过一只雏鹰跌落悬崖,被一只牧羊犬救助的感人场面。于是,大家边行边悟,相信了万物有灵的俗语,世间生长的事物,皆为自然造化,恰如老子在《道德经》中所述,宇宙间的一切存在,皆在一条无形的大道上运行。天似穹庐,笼盖四野,看似混沌无序,实则乾坤清朗,条理分明,不可逾矩。这并非封建文化糟粕,而是人心里应有的虔敬。

走山采野的过程,也是采撷人生智慧、升华境界的过程。

自那以后,我们在白天采野,便不再惊扰山野的乡亲,累了随便找一个废弃的荒屋支起泥灶,烧火煮饭,饭后到野溪河里洗个澡,然后就地而卧,沉沉入眠,正可谓夜夜听闻大地的演奏,风声雨声,月光在松林里晃动。

不知不觉间,就这样天当被地作床地度过了一个夏天。

深夜猫叫

正月过后,最可怕的事情要数远行的人被羁绊缠住脚,陷在温柔乡里无力自拔。他们贪恋慵懒虚度的时光,不肯出门去山中劳作,或到远方的城里打工。常言道:地一撂就荒了,人一贪图享乐,就会变得懒惰成性,甚至连每天的起床都成问题。

要么,他们的腿脚沦陷在年节的气氛里,依旧呼朋唤友,喝得烂醉如泥,每天从酒宴上归来,倒在家门外的栅栏旁边呼呼大睡,如果不是女人听到狗叫声,这个醉汉倒在残雪窝里长睡,非落下病根不可。

在那一刻,撒欢的猫看不见,觅食的鸡鸭也看不见,它们纷纷从倒地的男人身边走过去。这时候狗来了,在男人身边嗅嗅,呜呜地叫两声,女主人就出门了,一边责骂一边把男人弄回到火炕上。

其实,这样的情形从腊月就开始了——一进腊月门,家家户户忙年货,杀笨猪、灌血肠、炸绿豆丸子、做糯米黏豆包……

从积雪的山野到一个个萧索的屯子,很少看到行人,只是从烟囱里冒出的炊烟,要比平时多出一倍。炊烟飘处,是灶膛下点燃的柴火,便有火苗映照一张少妇的脸庞。

但几天之后,炊烟里有了酒的气息,这是外出劳作或打工的男人回来了。男人们像一台强力收割机,先是收割了女人的身体,又很快将地窖里的东西一扫而光:糙米、腊肉、土豆、胡萝卜和大白菜。当男人风卷残云般将储存的食物收割完毕,就相约了屯子里一起长大的伙伴去山林里采野,或者在保护区外套几只野兔下酒。

从腊月到正月,除了在屋门前制造了一堆空酒瓶,男人们都干了什么呢?恰如一位诗人所写:

"走,到杀牛场,去喝牛肉汤……"

而这,恰恰构成了黑土地上最具特色的年节风情画——从积雪皑皑的老爷岭到泥泞的果园外的乡路,甚至连同那些被废弃经年的麦场上荒凉的旧屋舍,都会传来阵阵碰杯的声音,空气中游荡着一丝醉醺醺的气息。

说实话,我对乌乡的酒风极不适应,并且有许多次从酒桌上起身离席——我宁肯回到客栈里独处,也不想见到一群人的酒酣耳热。但渐渐地,我的心境开始变得小心翼翼、共情和包容起来。我知道,一旦过了正月,就会有第一个男人离开乌乡的村屯,人人逃不掉养家糊口的责任和使命。他们从事的劳作艰辛而枯燥:在山林里挖参,在悬崖上采药,或者在城市的某一处建筑工地,将一袋袋水泥扛到肩膀上……

在他们走后,整个乌乡陷入一片静寂——深夜墙角的一声猫叫,就能让女人们从睡梦中惊醒,黯然神伤地呆坐炕头,直到窗户渐渐发白,无意间瞄一眼窗户上的大红喜字,还是那么鲜亮耀眼,而那栅门外的一泓春水,正绕过一个干草垛潺潺流淌,滋润泥土解冻……她叹息一声,吹灭了锅台上的烛火,一股焦煳的蜡棉芯气味迅速扩散。

乌力的茅屋

在森林里,最香的食物莫过于炖一锅野猪头肉——整整一个晚上,乌力在土灶前收拾冻了半个月的野猪头,拿火钳把猪耳朵上的毛烧干净,弄得满屋子都是过年的气味,灯光把墙壁漂成了橘黄色。

昨天夜里,山里刚刚下过一场雪,把茅屋子的窗户都糊严实了,窗台上落满了积雪,这样的情形我只有在少年时见到过。早起一看,屋前的河流冻得梆梆硬,冰面远远地在树杈间闪着白光,树干被一只啄木鸟敲得当当响。

我沿着河岸转悠了一圈,看到远山迷蒙,树枝上的鸟窝都落满白色的雪末。

我选择这个时节来长白山,并非刻意为之,而是一种巧合。每年开春,都会做许多计划,但实施起来却变了形状,多半落空,眼瞅着一年就这么不咸不淡地过去了。而有些行程,却是说走就走,这一次,仅仅因为乌力的一个电话,他说:"哥,来山里吃炖野猪肉吧……可香哪！我给你留着的，挂在仓房里，再不吃就变成老腊肉了。"我二话没说，当即应允。答应乌力后，我突然想起一个问题，就又把手机拨了回去，问："野猪是受保护动物吗？如果是，我们还是不吃的好。"乌力在那头解释，说："哥，放心吧。我们要吃的野猪是屯子里人工饲养的杂交猪，不是从林子里套的那种。"

"哦，那好。"

我曾经听乌力讲过少年时代和屯里的大人们一起套野猪的故事，那样的光景已经远去，不再重现。

乌力住在山脚下的一幢小茅屋里，与屯子保持着适当的距离，地势也偏高，显得有些孤单。这个屯子吸引我的理由，简单到好笑，比如为了听一晚风声，看一眼半夜时分的月亮，听几声远处的狗叫。乌力没有成家，但也极爱干净，知道我来，他早早地把屋舍打扫了一遍，把土炕烧热，从木柜子里取出一床新棉被，如果天晴，他会把棉被拿到绳子上晒晒，被子散发阳光的香味，人脱了衣服探入棉被的刹那，感受到瞬间的迷醉，眼前恍惚。

有时候，人的感觉十分诡异，比如我每年都要来乌力家住一阵子，仅仅因为这一点小眩晕？当然也不全是，还有乌力质朴纯真的目光呢，这般清澈的目光在成年人中难见。但细一揣摩，我还是最着迷于那一丝丝短暂恍惚的感觉——屋子里光线幽暗，木柜上摆放着盛酒的器皿，以及书橱和口琴，这些几乎是乌力的全部家当。

说来有趣,那年夏天,我来白山考察,和乌力认识是在半山腰上。由于我的腿关节刚刚做了一个小手术,还没有完全恢复,上山时没有感觉吃力,但下山时却出了麻烦,先是腿抽筋,接着膝盖疼起来,眼看着天要下雨,我又没有带雨伞,站在山腰上呆若木鸡,不知所措,陷入尴尬。我打量四周,竟然没有一个人影,白嘴鸦在树枝上得意地鸣叫。这时候,乌力出现了——奇怪!此前我一点也没发觉身边有人,好像他藏起来了似的。总之,乌力的出现是个及时而又神秘的事件,让我在此后与这个小屯子结下奇缘。那一天,乌力连拉带拖地把我弄下山,到了山脚下,气都没喘一口,不由分说,像背起一只背包那样,把我拐到了肩上,一溜小跑地将我背到了家中,让我躺在了他散发着稻草气味的土炕上。印象最深的是在乌力开门的瞬间,有一阵薄薄的雾气迎面扑来,我的鼻子吸进了一缕陈旧的气息。事后猜测,那是土灶里草木灰的气息。

乌力帮我解了困,我就认了这个山林里的兄弟。

我每次来山里,都会带上两瓶酱香酒——东北人习惯喝老烧,我喝老烧胃有点吃不消。此外,我还会带些过冬的棉衣棉被之类的给乌力。

从市区到屯子,有近二百公里路,不远不近。但在前往屯子的途中,遭遇雪雾,我小心翼翼地驾驶一辆从集市上淘来的二手普桑,结果因为要接一个电话,刹车急了点,车轮飞速打滑,直接冲出了公路,一头栽进了路边的土沟里。折腾半天,我只好打110求助,来了两个巡警,他们经验丰富,车上携带着专业工具,很快把车子拖拽出来。车子的前脸保险杠已经损毁。幸好是一辆即将报废、临时淘来的破车,我也没有感觉心疼。重新发动车子继续赶路,开了大约二十分钟,油表报警,亮起了小黄灯,我急忙用手机搜索加油站,周围是莽莽丛林,静得没有一声鸟叫。有经验的旅人都知道,林区的加油站相距遥远,我紧张得满头是汗,转悠了大半天,才绕到一个镇上加了油,让一颗悬着的心放下来。否则,车子在这么个鬼地方抛锚,前不着村后不着店,半夜非冻死不可。

好在天黑之前,终于赶到了乌力的家。在山脚下,他提着一盏巡山灯迎接我。

当晚,乌力忙前忙后,终于把整个猪头收拾完毕,秉烛细瞅,发现摆在灶前的猪头看上去竟然是笑眯眯的。从头到尾,他不让我插手,说野猪味大,会破坏了我的兴致和写作的想象力,以后就不想到山里来了。乌力笑笑说:"哥,我怕你哪一天烦了我,再也不来了,这是真心话。"

我一边感动,一边反对他的说法,心想我没那么重要的,你遇到了困难我也帮不上忙,认识我并不划算。但话到嘴边,成了一阵支吾。

我闲着无事,只好静静地观察乌力干活儿:他动作麻利地刷锅,到屋外的木柴垛上取了几块柴样子,很快烧开了一锅水,把收拾干净的猪头放进去,先要焯一遍水去除土腥味,然后再加上从山里采来的香叶,用文火慢慢煨。乌力说野猪肉瘦,身上肥肉太少,技术掌握不好炜不烂,吃起来会"柴",尤其是老猪,如果烹艺差了,会感觉不如土猪好吃。我问乌力:我们炖的这头猪属于老还是嫩呢?乌力认真地说,这是一头不老也不嫩的野猪。

为了这一顿饭,细心的乌力还特意跑到镇上割了两斤土猪五花肉,说这样掺和在一起炜的肉更香更入味呢。此外,他还准备了各种山野菜,有松蛾菇、黄花菜、黑木耳等等。渐渐地,夜已至深,剩下的程序,干净的猪头终于下锅了,很快就氤氲出满屋的香气——这是山野的气味、人生的气味啊。为掌控火候,乌力几乎是趴在灶前烧柴,一根一根地往灶膛里续柴草,样子像个精湛的技师,专注的表情里聚集着快乐与庄重。微小的火苗,像大海的波浪,映照着他的脸,牙齿洁白,鼻梁挺拔,眸子明亮。

我在一旁观察,一边又在心里羡慕乌力——他是多么年轻!精力充沛得像头野鹿。而且,像传说中的林中精灵,他可以随意地安排自己的生活,不缓不急地度过日月,平静地打发流水似的时光。比较之下,我像一个饱经沧桑的老人。有那么一个瞬间,望着兴致勃勃、满面绯红的乌力,我的鼻头抽动了几下,急忙起身,拉开木门,佯装要去屋外方便一下,乌力也没发觉有什么异样。我来到屋外,倚着一根木桩,从眼角处狠狠地挤出一颗大大的泪珠,它漫过眼眶流到嘴里,又苦又涩。

我知道乌力为我精心准备的这一顿饭,花了太多的工夫和心思。其实,有一点变化,乌力是做梦也没有想到的,仅仅过去一年多的时间,我的食量已经锐减——遇上再好的饭端上来,吃上一碗就饱饱的了,这是长期伏案的结果。我想,忙活了一个晚上的乌力,若是见我只吃这么一点点饭,心里会怎么想呢?他一定茫然不解,责怪自己的手艺,而我又该如何向他解释呢。

突然,一阵莫名的沮丧涌上来,我打了个冷战,感觉自己像是灶火里一堆燃烧后的柴木灰,心生微凉。

雪封木门

夜半时分,木门被风摇得山响,天地在飞速旋转。我从梦中惊醒了,意识到这是在野地荒林,梦中都市里发生的一切瞬间化为碎片。坐起身扒开窗帘向外看,知道是暴风雪来了。眼前晃动着一团模糊的白影子,白天里乌力刚刚码好的柴垛被雪覆盖,变成了一朵大白蘑菇,远处的冰河也跟着发出一阵低吼声。

近处的森林在颤抖,无奈地承受着落雪,风仿佛要把大地连根拔起。此时,除了野狼般的嗥叫,还夹杂着许多无法识别的动物的声音,听了让人心惊肉跳,觉得马上有一桩大事情发生。

我穿衣下炕,听了听乌力房间的动静,听到一阵均匀的呼噜声——这一晚,他兴致勃勃地给我讲故事,大都是他的亲身经历。对我而言,这些一手资料堪称珍贵。

屋子里暖烘烘的,雪橇犬在灶下柴草堆里,睡得很香。见一切都很正常,我的心才稍稍平静下来。这样的极寒天气,我体验过几次,每逢遭遇这样的天气,第二天会打不开木门——门被封得严严实实,窗也被封得严严实实,有时连屋顶都被雪埋住了。太阳出来后,照耀着一片白茫茫的山野,积雪高过人头,早已冻成了一面铁墙。

遇到这样的情景,我跟着乌力铲雪,往往要花整整一个上午的时间疏通门前的积雪,然后清理出一条通往河边的小路——河流早已被积雪抹平,需要用铁镐头砸开一个冰窟窿,以便汲水。但这项工作已经变得相当艰难,敲击声往往持续一天也看不到一丝冰水冒出。

为了解决饮水问题,乌力拿电锯进行切割,切出几个四方方的大雪块,扛到屋内的铁锅里进行融化。把一锅水烧热到半开,乌力拿舀勺取出一些泡脚,加入一些紫茄棵叶,用来缓解脚底的冻疮——折磨人的冻疮是山野送给他的礼物,像个要账鬼,入冬后准时敲门,持续的骚扰贯穿整个冬季。到了春天,它会以一阵奇痒的方式与他作别。为此,我曾专门从城里的老中医那里讨来药方,抓了几副中药寄给乌力,但都收效甚微。

乌力打来电话,口气委婉地诉说苦楚。

我疑惑:"怎么会没有疗效?这可是城里有名的老中医开的方子呀!难道你的骨头是特殊材料制成的吗?"

但时隔不久,我开始为说出这句话后悔——有研究结果表明,后工业时代,由于水土的改变和空气污染等原因,中草药的成分也随之改变,它们已经不再是李时珍《本草纲目》中的草药,旧时的药力被环境稀释破坏,有的甚至失去了原有的功效。

换句话说,如若沿袭传统的药方,可能对疾病并无应有的作用,哪怕是治疗小小的冻疮。

我听后大为惊讶,急忙给乌力打电话解释。乌力听了,只是"嗯嗯"地听着,似乎并不上心。我突然意识到,他早已把这件事忘到脑后了——这个粗心的孩子!

是啊,年复一年,他是那么忙碌,为了生计,为了果腹,他必须早早起床,匆匆地往嘴里扒拉两口米饭,喂饱雪橇犬"灰娃",然后背着口袋上山林中采野:野山参、黄蘑菇、白灵芝、桦树茸、石韦草,以及木耳和蕨菜……世世代代,这些来自大地的野生植物,吸引人们前赴后继地挖掘采摘,许多人为此丢了性命。

有许多次,乌力在跑山时遇到意想不到的危险——有时差点被风吹落悬崖,有时失足落水被涧溪冲走。最危险的一次,是他在采山时小憩,疲惫催促下倒在林中睡着,忽然被一阵怪异的响声惊醒,睁眼一看惊呆了,原来有一只老狼正在远远地注视……

"完犊子啦!"乌力当即在心里叫了一声。

那一刻,人与狼对视良久,乌力紧张得不知如何是好,身上早已大汗淋漓。双方开始僵持的冷战——狼的一双哀哀的眼神流露凄惶,看它脱落的皮毛、瘪瘪的肚皮,他断定这是一只被狼群抛弃的老狼,由于丧失了捕食能力,它已经没有力气伤害人类。

最终,他冷静下来,从布袋里掏出一听午餐肉罐头,拧开铁盖子,把肉取出,放到离老狼不远的地方,然后从容离开。

事过多年,乌力想起来还很后怕,说幸亏当时还没有灰娃,如果事情搁到现在,他的雪橇狗会冲上去,和狼展开一场你死我活的厮杀,那样会出现一个胜负难料的结局,而无论哪一方获胜,都非他心中所愿。

"在山林里,动物与动物之间的法则很残酷。它们太可怜了。"他一边说着,一边用手梳理灰娃一身油亮光滑的皮毛。"我只是不想让灰娃参与其中。"

在那个烛火跳跃的晚上,炉子里的木柴微微燃烧,老铜壶里的水煮沸了又冷却,整个茅屋弥漫着一股老白茶的气味,夹杂着从咸菜缸里散发的辣白菜和腌雪里蕻的味道。哈,这样的气氛适合回忆——我听着乌力断断续续的讲述,时而陷入茫然,时而又心情愉快。

我们谁都没有意识到,屋外的雪已经越积越厚,玻璃窗上结出了谷穗形状的冰花。

雪橇犬灰娃

在热炕上睡了一个长觉,睡到自然醒,伸了个舒服的懒腰,而乌力早已起床,牵着他养的雪橇犬到河边溜达去了。远远地,能听到乌力呵斥狗的声音:"嗨!哪去——回来!"透过木窗棂,可以看见那只名叫"灰娃"的白花雪橇犬在雪地上撒欢,倚着一株岳桦树捋毛蹭痒,一会儿又一溜小跑,在结冰的河湾留下一串爪痕。

火炉把室内烧得暖融融的,窗户上树影滑动。起床后的第一件事,是把尿壶拿出去倒掉,这黑釉老瓷器制作的物件端在手里有种异样,想这东西有几十年没用过了,而在林区冬天的山里过夜,它又神秘地派上了用场——它让我想起小时候的冬天:夜黑咕隆咚,我被一泡尿憋醒,吸到鼻孔里的是一股煤烟味儿,顾不得睁开眼,一双冰凉的脚摸索着找棉鞋,感觉触到了炕下的尿壶,把那东西朝脚边拉近,急急地撒下一阵响亮的雨声;过后,有一种如释重负的放松和愉快。当然,没有瞄准目标的情形时有发生,一夜发酵,弄得满屋都是尿臊味,早晨醒来,第一件事是要挨母亲的一顿斥骂……

此刻,我手里提着尿壶,仿佛提着一壶童年的记忆,辛酸而又有些许甜蜜。抬眼,看见满山枯枝朦胧,百里山林已经被白雪抚摸过了,通体散发古意,活脱脱一幅黄宾虹笔下的山林雪野图,它与我的故乡鲁西平原形成了强烈的反差。哦,是谁让我来到了这片风雪呼啸的山林地?这神秘莫测的命运,这陌生而又亲切的地理。

我时常想,人和某个地域的缘分,恰如人和物的缘分,以及人和狗的缘分一样,既神秘又有因果联系。比如昨晚,啃着新出锅的热气腾腾的野猪肉,乌力向我讲起了他的牧羊犬。那年夏天,他在巡山时误入一片原始森林,在一处水塘边发现一幢木屋,乌力踩着厚厚的腐殖败叶悄悄走近,又停留脚步经过一番观察,断定这是某一部族的猎人后代留下的,数十年前,禁猎令后,他们大多更弦易辙,靠种植草药和养殖鱼虾为生,由于他们长期独处山林,早已习惯了自由散漫的日子,也放弃了融入外部世界的想法,便选择在森林茅屋过完一生。他们是山林中悲伤的寄居蟹,在经历数十个春夏秋冬过后,回归泥土,自然消亡。

乌力走进这幢被废弃的茅屋,推开虚掩的木门,竟然看到破败的屋舍内还保留着主人生活的样貌:屋梁上悬挂的红灯笼,土灶前的干柴草,桌子底下装有大米的瓦罐……令乌力惊讶的是,铁锅台上的一把小葱居然还没完全枯萎,剥掉一层葱皮,露出新鲜的葱白,乌力咬了一口,满嘴的猛辣味道。这说明屋主不久前还在这里生活,每晚点亮灯笼。是什么让他丢弃了自己热爱和眷恋的山林?这里究竟发生了什么?主人究竟去了哪里?都成了一个谜团。乌力知道在森林里,类似的荒屋有很多,他本人无意探究,因为不会有结果。可就在他要离开的时候,却隐隐地听到哪里有一丝微弱的呼吸声,夹杂着若有若无的呻吟声,他顿时警觉起来。起初,他以为是躲藏在某处的狐狸呢,找了半天,在屋后发现一个草垛,草窝里居然瑟缩着一只奄奄一息的狗!它全身沾满草屑和土灰,像一只灰不溜秋的小怪物。乌力用木棍拨弄它,竟然没有任何反应,它已经虚弱得没有一点力气了,连眼皮都懒得抬一下。乌力断定这是一条失去了主人的雪橇犬,这真是一条生命力顽强的小家伙,不知是靠什么意志活下来的?看样子像是生了重病,怕是坚持不了两天。乌力决定尝试救助,就从屋内找了一条破麻袋,打算把它背下山。

一路上,乌力背着病狗,一颗流星在夜空划落,他嘴里不停地喃喃自语,向山神祈祷护佑,不要遇到虎狼和棕熊,不要让蟒蛇缠住了他的脚。最后,凭借一支指南针的引领,走出了这片森林。

把狗背回家后,乌力到河中汲了一桶水给它洗澡,熬了点小米汤喂它,它瑟瑟地抖着身子,不肯吃。乌力找来屯子里的兽医独活大叔前来诊治,独活大叔即便在夏天也戴着白线手套,他连声惊叹,说这条狗命真大!因为它身上生了好几种病:皮炎、外耳炎、下痢、心丝虫病等等。失去主人后,它在森林里像个孤儿,承受着几个月的风雨雷电,靠吃草虫子活了下来,如果不是碰巧遇到乌力,它就只能撑一两天了。

独活大叔走后,留下一堆救狗命的药。从此,除了每天的巡山采药,乌力把全部心思都花在了雪橇狗身上。一个月后,这只命大的雪橇狗终于恢复了体力。让乌力印象最深的,是立秋那天,狗跑到河岸上,对着远山发出一阵汪汪的吠叫——这是生命的叫喊呀!他原本在茅屋里拿一盆水往身上冲凉,听到狗叫,激动地跑出门,跑到河岸上,扑倒在地,一把把狗抱住,在草地上痛痛快快地打了个滚儿……此刻,那只恢复了健康的狗承受着乌力的爱抚,从嘴里发出一阵模糊不清的"呜哇"声,只见它从眼角往下淌泪。乌力当即给它取了名字:灰娃。嘿!——灰——娃!这小小的雪橇犬像刚出生的孩子,有了自己的名字,有了一个新家。

在接下来的日子里,灰娃就像是河岸上的小白桦树,似乎一夜间奇迹般长高长大,很快成了一条闻名乡野的雪橇狗。

概括而言,原因有两条:一是,它拥有一副野狼般英俊的外表,但比真正的狼可温驯多了,白花皮毛油亮光滑,总是警觉地高高竖起的耳朵,以及一双漂亮的灰蓝色眼珠,在黑夜里也闪着光芒;二是,灰娃聪明且善解人意,能听懂人话,除了看家护院,两年来乌力已经教会它许多难度极高的本领,如它能记住许多屯里人的名字,某次乌力借了屯里人的麻绳,由灰娃叼在嘴里去还,圆满完成了任务。某次乌力做饭,往锅里贴粗粮饼子,灰娃居然摇着尾巴帮忙拉起了风箱……在乌力眼中,灰娃除了不会说话,什么都会,智力像一个年幼的孩童。

令他没想到的是,屯里人围绕着这条狗,进行了一些艺术加工和编排演绎,风一样传播开来,传得神乎其神,有人甚至扯到狐仙身上去,说灰娃是狐仙成精降临人间……乌力听了,只是摇头笑笑,并不多做解释。

一天,他牵着狗从山里归来,被眼前的一幕惊呆了:他的茅屋前围满了人,老幼兼备,有人对着柴垛前的狗窝磕头,有人点燃了纸钱,风一吹来,弄得满天都是纸灰,像翩翩飞舞的虫蛾。

此后,类似的事情还时有发生,都被乌力用极其温和的方式处理妥当——除了无边呼啸的山林,他太爱屯子里的乡亲了,不忍用生硬或粗暴的态度对待他们。他知道山坳屯子里的人都善良,只是文化水平有限,对事物的理解能力不够,尤其是一些老人,习惯用陈旧的思维解读一切,一有点风吹草动,便祈求神灵的护佑。"其实,哥,"乌力对我说,"人们都想多了,世界哪有那么复杂?"

我表示赞许地点头。尽管乌力出生在神秘的山林里,而且父母双双过早离世,他却依靠自学和接收外部世界的信息而绕开了各种蒙昧,这也是我们之间能够建立友谊和对话的缘由。在他眼里,这条雪橇狗和世界上的狗没有什么本质不同,只不过略显聪明就是了。重要的是,雪橇狗是他的生活伙伴——帮他拉柴,和他一起上山采货,也时常和他怄气,陪他度过冬天的漫漫长夜。

写到这里,我的眼前出现了一个画面:暴风雪下,地动山摇,响着树枝断裂的声音;而茅屋内炉火正旺,火光映照着乌力一张清秀的脸,一绺黑发遮住了右眼;那只雪橇狗偎依在他的脚下,伸长了舌头,打着哈欠,摇着尾巴……

三声狗叫

我见过狗追流星的情景——那天晚上,阔大的雪野一片洁白,蒸腾的雾气从河边袅袅升起,夜游的鸟和蝙蝠似乎飞满了夜空。突然,唰唰唰——三颗流星呼啸着划过天际,一颗挨着一颗,落在了不远处的雪窝里。当时,我愣住了,因为我从未见过流星以这样的方式降落,仿佛从天空落下三颗明亮的泪水,是神灵点亮的三盏灯笼——我早就听说,白山一带的流星很小,像粒粒萤火虫,捡起来拎在手里,可以当马灯。这只能是传说。

而流星的每一次降落,都惹得机警的雪橇犬驻足仰头,顷刻后一路狂追,身后雪末飞溅,发出一声嘹亮的嗥叫。

"汪!汪!汪!"

随着三声狗叫,沉睡一冬的白山和错落有致的屋舍被骤然唤醒,先是屯子里的狗跟着叫,接着是远处林中藏匿的狗也叫起来。一时间整个山野一阵骚动,叫声此起彼伏,像过春节放鞭炮,又像野鸭扑扑通通的跳河声,生灵们都睁大了机警的眼睛——那些流浪的野猫和野獾，藏在树洞中的浣熊和松鼠，松枝上的啄木鸟和白嘴鸦，灌木丛中的红狐，柴草垛里的黄鼠狼，以及泥土中冬眠的蛇，蜷缩成一枚枯叶的土鳖虫，此刻，它们都翻转身体，全神贯注，侧耳谛听，像人类迎接节日那样，迎接三声狗叫。

这些大地上的野性生灵啊，对声音、气味和节气变化有着天然的敏感，哪怕出现一点微小的动静，都逃不过它们的耳朵、眼睛和鼻子——它们是天才的美食鉴赏家、星相学家、气象预测工程师、房屋建筑师和高尖端的地形学观察家。

以形体微小力量薄弱的蚂蚁为例：在夏天的树荫下，一只小小的蚂蚁，貌似弱小，岂不知其头部、触角、胸部和前脚的胫节都含有听觉器官，能够感受数十米开外的声音振动。而且，它们的触角除了有精确的味觉、嗅觉和听觉外，其触觉更为敏锐——触角上密布短短的触毛，触毛的根部与发达的神经末梢相连。而长白山脚下的著名蚁类，分红黑二种，力大耐寒，即便是百年前的火山爆发，岩浆滚滚，万兽逃亡，虎狼尸横遍野，却也没能将其消灭殆尽。

由此可见，造物主是多么公平——蚁类虽小，小到被其他物种视而不见，但正因此，它们拥有生生不息的庞大家族，已经在地球上繁衍亿万年之久，与之同时代的恐龙，一度猖狂到不可一世，却早已灭绝，只剩下博物馆里一具具庞大的骨架。

相较之下，人类的整体文明尽管发达，但感觉系统堪称迟钝,即便时光进入科技时代,却依然在诸多自然灾害面前束手无策,付出巨大代价:地震、台风、洪水、火山爆发、新冠病毒……尤其要命的是,人类的免疫和抵抗能力正在飞速下滑,活得越发娇贵,冬天怕冷,夏天惧热,春天乏力,秋季伤怀而消沉……这是长期生活在象牙塔中养成的"城市病"。

纵观一些读书人与饱学之士,人人都表示厌恶城市。可奇怪的是,为什么人们都选择往城市里跑?为何对勤劳的乡民们抱有歧视?为什么甘愿过一种"蛆虫式的生活",甚至甘愿在城市的"坟墓"里埋葬?

人类被时光撵着,感觉不是向前跑,而是朝一个东西莫辨的无名方向跑。人们把身体放置在相似的容器里,被时间驱使得团团转,便觉得生命的意义在丧失,人之存在可有可无。因为真正有效的时间,并不属于人本身。

在这个关口,每一位有人文情怀的思想者或大地赤子,都应该到山野中来居住一段时间,穿上草鞋,戴上斗笠,披上蓑衣,迎接风雨的沐浴,体验一下另一种人生的滋味。要弯下腰身,放下板结的旧有经验,运用精密逻辑,进行一次深度田野考察,做一番调查研究。从原生态中汲取精气,详细了解每一株树的生长过程,细数每一道年轮中储存的信息;去熟悉每一块石头与每一株植物的成因,它们与这片森林的关系;熟悉众多生灵的日常活动、食物生态链和居住条件,接触和抚摸一下潮湿的泥穴、古老的山洞和风雨中飘摇的鸟巢。

还有,观察自林中冉冉升起的日光,斑驳的光线穿越枝杈,照亮树身的伤疤。

当然,除了以上事物,这里还有大面积的流星雨,三声狗叫后是苏醒的森林;河流解冻,春天再度来临,林间遍开野花。乳白色的炊烟袅袅被风吹远,蓝天徐徐降下圆号的深沉旋律,群山遥相呼应——大地响起一支古老沧桑的歌谣。

勾魂戏

过了春节,日子进入漫长寂寥的乏味期,人们在心里隐隐期盼着一个仅次于春节的热闹场景:说书唱戏。

除了县京剧团,来乡下巡演的还有一些外县和外省的草台班子,他们赶着马车,走街串巷,每个演出团由二十来个红男绿女组成,一起说说笑笑打打闹闹地让屯里人艳羡不已。屯里人不太计较戏班子的来头,只要演得好唱得妙就会献上掌声,并为之沉迷与倾倒。天气转暖,积雪消融,狗在村口汪汪地吠叫。唱戏的一来,蛰伏一冬的人们倾巢出动,拿了板凳、马扎子,早早占好座位,有的人兴奋得连晚饭都不吃,就来到宽阔的场院地,准备享受一场精神盛宴。那一刻,再勤劳的庄稼人也会放下手中的活计,心甘情愿地被一场戏俘虏。

当时,上演的剧目自然是现代京剧八大样板戏为主:《红灯记》《沙家浜》《杜鹃山》和《智取威虎山》,它们成为二十世纪六十年代出生的孩子们一生的情结,尽管过度脸谱化的人物剧情不尽完美。时光到了七十年代末,一些传统剧目陆续解禁,剧中被时代遮蔽的历史粉墨登场,大大颠覆了人们的认知:黑脸包公、红脸关公、白脸曹操,罢官的海瑞和杨家将家族,都从某种程度上激发了人们的壮士情怀和革命斗志——戏班子走后,眼瞅着村里舞刀弄棍的人多起来,弄得鸡飞狗跳,一时不得安宁。

紧接着,一批才子佳人们溜飒飒地来了——贾宝玉、林黛玉、崔莺莺、张生、杨贵妃、貂蝉、虞姬……正是从这一幕幕古老的戏曲里,屯里人知道从前的人管丈夫叫"相公",管老婆称"娘子",大户人家的姑娘都叫"小姐",有学问的人称"先生"。相比之下,眼下的称呼就显得土气。经过一出出戏的洗礼,村里最突出的变化是在路上哼小曲的人多起来,女人们开始在镜子前轻施粉黛,练习兰花指。与此同时,"娘子""官人"的长腔在屯子上空飘荡,真是嗲得要命,酸得倒牙。

"唉,这是让戏勾了魂哩!"屯里的老人看不惯,发出类似的哀叹,"——还过日子吗?甭忘了咱是庄户人,两腿的泥刮下来能烧块砖,还摆兰花指!"

老人的警告无济于事,他们不知道,一个压抑已久的村庄,像一片饥渴的麦田,期待一场暴风雨的到来,像期待一出勾魂戏。

印象里称得上勾魂戏的,要数《梁祝》,这出爱情戏创下了在屯子里演出时间最长的纪录,连续唱了七天七夜,惊动了沙河镇的四五个村庄,一天两场,累计演出十五场。

"百看不厌哩!"人们互相传播,窃窃私语地述说着剧情,人物的唱腔,一颦一笑,都在争论与评说之中。有趣的是,梁祝化蝶不过是一则民间神话传说,人们却坚信不疑,认定是一件真实故事的流传,以至于大人孩子都纷纷到田野里去捉蝴蝶,捉到的蝴蝶不是用来赏玩,而是当作梁山伯与祝英台的化身,和灶王爷一同供奉。无奈蝴蝶是不易饲养的自由生物,很快绝食死去一批,又引起一片恐慌。怕遭来神灵的责罚,大队部一声令下,全村捉蝶者一律放生,不得有违。一时间整个村庄上空,都是漫天飞舞的蝴蝶,夹杂着人们对唱词蹩脚的模仿:"梁兄——梁兄呀!"

在那些勾魂的日子里,整个村庄像是被施了魔法,陷入一种缠绵悱恻的气场里,人人都悲苦着一张脸,见面也不再打招呼,而是点头微笑而过。那些飞越房顶上的鸡,歪斜着身子走路的鸭子,默默吃草的羊,甚至连池塘边的柳树,都像打蔫了似的害了相思病。而从场院地里,一只大喇叭筒里,正像撒农药一样把勾魂的唱词撒向村庄上方:

啼啼哭哭到灵前,
今夜我要伴哥眠。
同学三年六个月,
左右不离哥身边。
一旦分离到九泉,

哭声梁兄叫声天，

快显原形到灵前。

戏一时收不了场，大队部便决定加演一场，仍是难以满足广大群众的需求，结果一下子加演了三场。这出戏惊动了镇上的领导，领导来看了一场，第二天又来了，于是大队部决定继续加演下去。

在那一个时期，戏班子成了屯里人的上帝。人们把生产队饲养了多年的黑猪杀了两头，用来招待辛苦卖力的演员们，每天好酒好菜地侍奉，像众星捧月般，不敢怠慢分毫。

最后，说点扫兴话。戏唱到第七天时，草台下出现了一场骚乱事件——这场骚乱让演出就此中止，画上一个不太圆满的句号，也让全村人从迷醉中清醒过来。事情的起因，由两位年轻人引起：屯子里一个叫王小鱼的青年，当时正在和镇邮电所的一个姑娘谈恋爱，这天他约了女朋友一道来看戏，早早占下前排的好座位，结果与人起了争执。在贼亮的嘎石灯下，人们看清对方膀大腰圆，戴着一副风镜，身后跟着两位光头弟兄，人们喊喊喳喳地议论，此人是镇上著名的青痞，外号黄三枪。争执之下，王小鱼自以为是本屯人，哪肯示弱，一头朝黄三枪撞去，黄三枪似乎早有防备，微笑着顺势倒地，倏忽间一个鲤鱼打挺，起身，用右手掏出怀中的火枪，朝王小鱼的脑袋从容地开了三枪。

第二辑

盲琴师

田地被松鼠翻过了

木桩的影子越来越小,眼前的草叶被松鼠踩过。我们在呼伦贝尔草原上溜达,头顶上的天蓝得像个大锅盖。当然,遇到乌云笼罩时,天也黑得像个大锅盖。而松鼠的路被雨水冲刷,在草丛中隐藏。

刚开始,是一群人在一起捉蚱蜢或采草药,也有人在采撷灯笼果。一旦有人发现一处洞穴就大呼小叫,招呼大家过来围观,人们七嘴八舌,分析里面隐藏着什么野物,有人用小铁铲子往下挖掘,从河岸上采了柴草,欲用呛鼻辣眼的毒烟将野物熏出来——现在想想,这是一件多么缺德的事情,类似于人间野蛮的拆迁,人们压根不顾及野物的一点点尊严,逼得它们从洞穴里爬出来,睁着一双惊恐的眼睛望着世界。在这个突如其来的过程中,毫无逃生经验的幼崽会死在洞穴内,一个完整的生灵之家就此毁掉。

人们曾经在草原或荒地上燃起篝火,在一阵噼噼啪啪的响声里,断了昆虫的命、鸟雀的命。成年后每每回忆,想到在少儿时做下伤害野物的事例,我都从心底泛上一阵愧怍。那些野物们活在土里,在没有光线的洞穴中繁衍和哺育后代,为了躲避天敌的侵犯,轮番放哨,在洞口困到打瞌睡也要守住职责,躲过了雨点和冰雹,躲过了蝎子尾部张开的毒针,但终归躲不过人类的各种伤害和骚扰,这真是造物主的不公。

"没有比小野物们的需求更简单的了。"说这句话的人是草原站的管护人布和大叔,他是我在草原上遇到的最懂得悲悯生灵的人,比如类似的话从他嘴里说出来都是自然而然——"天牛铡出的草不够羊吃的,更不够牛吃,但它们足够蚂蚁吃上一两天。"

神让人类成为万物之灵,出发时人们走着同样的路,但途中变了味道,渐渐偏离原意和路标,被欲望俘虏,最终在茫然失措的风中走丢。

人走着走着就散了,不信你数数当年放学回家的路上,一起玩耍的朋友如今还剩下多少。故乡的旧水井还在,老房子还在,被大风吹弯的枫树还在,唯独人不见了。有人去了异乡谋生,有人留守村庄,变成了田野里的一座荒冢。我少年时在田间割草,曾看到一座被雨水冲塌的坟茔,田地上出现一个黑窟窿,腐朽的棺材板散落一边,一具白骨被蚂蚁和蛀虫蚀空,我不敢直视,更不敢朝前走近,只有悄悄退守一边。而且,回家后也不敢向母亲复述此事,是害怕讲述会让一幅骇人的画面在脑海浮现。这个画面令人警醒,觉得人在天地间的可怜。而且,我很早就听说,坟茔里的这个人,在活着时是村里有名的聪明人,精于算计,睚眦必报,深谙世俗投机取巧之道。

但人仅有生存的技能远远不够,还要拥有北斗星在夜幕下的照引,以及一颗与泥土兼容的素朴之心。

在大地上,有人丢了鞋子,有人丢了衣裳,有人丢了灵魂,但更多的人丢了旷达——患得患失,醉心于鸡零狗碎的精神内耗,让生命陷入一场自我假设的格斗,既无法直立,又躺得不像人样,最终把自己赶到一个角落里,气质形态如草原上病弱的葵花秆。

"有一块田地被松鼠翻过了。"

布和大叔带着我穿越深秋光秃秃的葵花地,蹲下身仔细观察着脚下的一小片湿泥块,语调伤感。他说金花鼠在秋天的草原上踩了两条路,说明它们一家人饿坏了,在四处寻找食物。

布和大叔一个人住在哈拉哈河边的一幢小木屋,屋内布满了干草的清香,靠窗的墙上放了一排除草的农具,墙上还挂着雨披和一盏巡逻灯。我从墙上摘下他戴过的草帽,闻到一股浓烈的盐汗味。屋门口有一只黑黑的大锅灶,从锅盖边沿突突地冒热气,炉膛内烧的是干牛粪,锅里炖着风干黄膘牛肉和牛排,大叔说是专门给我留着的,他还给我留了一瓶收藏十年的河套老窖。

那天黄昏,布和大叔向我讲述草原上的鹊鸰鸟在四月至七

171

月繁殖,常被误认为喜鹊,其实性情上和喜鹊大相径庭。他还说杜鹃天生就坏,不是好鸟。当我们围坐在木桌前吃喝完毕,布和大叔就带我到草场上转悠,一边朝地面戳戳点点。他告诉我说,葵花地是他专门种给小动物们的,秋天收了葵花,就随便丢到河畔,很快被小家伙们搬运到洞穴里,田地上留下大片葵花秆,看起来像一群士兵失去了头颅。

"但这点葵花子根本不够野物们吃的,过不了冬,更扛不过一场暴风雪。"他说,"还要再准备一些谷物和粮食,一堆干草垛。"

此时,夕阳把长长的哈拉哈河涂得通红,草原上每一株草都结满了浆果,它们在风中叮咚摇曳,吸引鸟群降临。我与布和大叔边聊边往回走,木屋炉子上的一壶奶茶已经煮好,可以顶着一轮自草尖升起的明月慢慢啜饮。

盲琴师

坐在铺满干草的马车里,盲琴师从一个牧场奔向另一个牧场。他长有一副棱角分明的脸,胡须已经花白,像飘在天际的一朵白棉花。他经常自嘲说自己的前生是一头草原马鹿。在偌大的乌拉盖,琴师是个家喻户晓的人物,围绕着他的传说很多,首当其冲的是他神秘的身世——多年前的黄昏,草原上的孤老太太塔娅奶奶到河岸上汲水烧饭,隐隐地听到婴儿微弱的啼哭声,她顺着细细的声音寻找,在一片干燥的沙土上发现一堆鸟窝似的杂草,里面有个被粗布包裹着的婴儿,塔娅奶奶抱起这个小可怜,在蒙古包里的炉子旁,用一勺热羊奶将其救活。塔娅奶奶嘴里不停地念叨着,祈求天神保佑这个孩子顺利长大,她发现被沐浴过的小可怜长得十分漂亮:一头乌发,光洁的额头,笔直修长的小腿——由此可以预见,他将来会长成一个身材高大的牧人,爽朗的笑声响彻整个乌拉盖的天际。塔娅奶奶还发现,他的眼睛出奇的明亮,盯着松油灯的光线一动不动,但总觉得哪里不太对劲儿,于是她把手放到孩子的眼前反复挥动,那双眼睛没有反应,塔娅奶奶立即就明白了,她倒吸一口冷气,一屁股坐在炉灰里,心顿时拔凉拔凉。

孩子长到一岁半时,塔娅奶奶就在睡梦中走了,无病无痛的死法像熟睡一样。从此,小可怜就被东家养一天,西家喂口饭,上百户牧民都惦记着这个没爹没娘的孩儿。直到有一天,小家伙听到从草原的风中飘来一阵马头琴声,他的两只耳朵瞬间竖立起来。从东北林区迁来乌拉盖做活的木匠马六子听说后,用白桦木制作了一只马头琴送给他,还对他说了许多鼓励的话,当时,他还住在塔娅奶奶留在草原上的一幢破旧木屋里,表情平静地接受了一切,似乎等待已久的使命终于到来——这个光荣的时刻早已注定,现在终于靴子落地。时隔不久,人们听到一种美妙的音乐从破木屋响起,琴声有时激越,有时低缓,有时像疾风暴雨,有时像小鸟呢喃。

"啊,原来他是个天才,是上天送给草原的乐师!"

消息不胫而走,很快传遍乌拉盖的每一处牧场——那时候的草原人迷信,相信世上的一切都是天神恩赐,这自然包括天才的小乐师。当天晚上,人们在草场上点燃篝火,跳起了欢快的舞蹈。小可怜长成一个少年时,已经会熟练地演奏上百支乐曲,在众多好心人的资助下,聪慧的他已经可以熟读盲文,坊间传说他能够感受各种植物的知觉,因为有人亲眼看见他给一片牧草拉琴,等到第二天奇迹出现了:那片牧草一夜间疯长了一人多高,和周围牧草的生长速度拉开了长长的距离。还有人绘声绘色,把这位天才琴师说得神乎其神,诸如当他的琴声响起时,众草支起耳朵,琴声把潜伏四野的小动物吸引出来,它们站成了一排人形编队,听得入迷,随之唱歌和舞蹈。同样的马头琴,有人拉出沙哑的呜咽声,听得人心乱如麻,但从他手中流淌出的曲子却如同天籁,让人心里清澈透亮。有人说他的琴声是给草原上的动物和植物们听的语言——演绎开来,他的琴声可以让冬天的积雪融化,鹰隼在天空鸣叫,让草场上孤独的石头流出泪水;他的琴声还能给牧民医病,音符上有草药的汁液,一曲散尽,病人便从床榻上走下,抄起一把大镰刀到草场上去了。

有个牧民牵着一匹马听琴师在弹奏一曲《鸿雁》,渐入迷离,一曲未了,牧民竟然跪倒在草地上哭得稀里哗啦,结果发现身边的马不翼而飞了,人们便说那匹马呆立原地,直接融化掉了,化成一片水渗入了地下。

夕阳的余晖洒满了乌拉盖草原,草叶和花萼被镀上一层金边,一道亮丽的河流在音乐声中跳舞。琴师在马车旁忘情地拉琴,他长长的头发湿漉漉的,不远处的一辆勒勒车也湿漉漉的。在拉琴的过程中,他的表情像凝固的雕塑:高高的鼻梁,深陷的眼窝,两道粗黑的浓眉闪电般凝聚,这是一张经典的古希腊式的脸,但他那一双失明的眼睛却奇怪地变化着,时而瞪大,时而闭合,淡灰色的眼珠仿佛能够看穿世界上的一切,让人觉得他其实什么都看得见,他是在与天上的神灵对视,承接上天降下的力量和深义,而自己才是一个真正的盲人——尽管自己的眼睛能够清楚地看到白天的雁群和夜晚的繁星,但却注定难逃平庸的命运和时间的摆布,一双貌似健康的眼睛其实只会看到事物的表面或某个侧面,剩下的唯一用途是指引自己的双脚回到炉灶前吃一餐饭,就像野兔回到洞穴内吃一片菜叶或啃一根萝卜。试问,这样的眼睛还有存在的意义吗?

在遥远的贺斯格乌拉牧场,有个叫车乐根的小伙子为此深深焦虑,陷入玄想,日夜不思茶饭,甚至动了要将自己的眼睛刺瞎的念头,因为他听说盲琴师的眼睛所看到的世界是另一个仙境,那里没有任何俗世的烦恼。

盲琴师听说后,急忙乘坐马车赶了整整一天路,才在牧场上找到一脸哀伤的车乐根,他什么话也没说,甚至拒绝了车乐根递过来的奶茶。琴师沉吟片刻,在蒙古包外的一片枯草地上坐下来,轻轻地抚摸着车乐根的头,忧伤的车乐根半跪在琴师面前,眼睛里涌出泪水,他仰起脸来望着自己的偶像,发现琴师高大的躯体像一匹骨节粗大的骆驼。

"不,我的前生是一头马鹿。"

琴师平静地从嘴里吐出一句话。然后,他支起马头琴,给车乐根拉了一曲谁也叫不出名字的曲子,但这支曲子真的太美了,像春夜的细雨打湿松软的幼芽,昆虫从草根部醒来,翻转身体迎接新的诞生。车乐根听着听着,感觉自己飘浮在了半空中,恍兮惚兮地进入一种幻觉状态,让他无力自拔。但正在他听得入迷达到一种仙境时,琴声戛然而止,只听得"嘣"的一声,琴弦断裂了,草原上的盲琴师,歪头昏倒在一边。围观的人群急忙把琴师抬到马车上,掐住琴师的人中,天上的白鹤发出一阵悲伤的惊叫。

人们喊来了草原上的老蒙医,老蒙医很认真地给琴师把了脉,心疼地抚摸他热得发烫的额头,说没大碍,我们的琴师太劳累了,琴师也是人哪,不是神仙。大家尽快散场,让琴师好好歇息几日吧。

赶往牧场的马车夫

那一年,我曾参与在草原上寻人——一位叫巴尔汗的牧民兄弟与女友吵架,早晨巴尔汗从酒意中醒来,发现身边的女友不见了,他怀疑女友在他熟睡后离开了蒙古包。他给附近的牧民打电话——当时还没有手机,座机传达慢了几个节拍。直到上午十点才集合起一支队伍,人们像翻口袋那样翻遍了周围的草场,那些能够藏得住人的地方——水泡子、小山丘、桦树林、废弃的旧谷仓。一直寻找到黑夜来临仍然无果,人们在草原上点燃一堆篝火,希望那个失踪的姑娘突然从天边出现,或者从月亮上走下来。琴师弹起了马头琴,唱起了姑娘平时爱听的歌。但这些远远不够,巴尔汗让大家列队站在一起朝空气呼喊姑娘的名字:"萨日娜!萨日娜!"

乌拉盖草原实在太宽广了,人看上去比草长得高,但当和众多的草站在一起,会立即颠覆认知:世界上低矮的草一旦集合起来,就变成一面茂密的森林墙,大风吹不倒,暴雨浇不透,在它怀抱里滋生的给养足以让牧民和野物们度过寒冬。而人类的声音喊出去,无论多远都会返回来,落到草场上,融进露珠里。

当时,我恰巧在乌拉盖小住,接到了巴尔汗的电话已是第二天早晨,天蒙蒙亮,草丛里的虫子们还在做梦。"不要着急,"我对巴尔汗说,"我马上赶过去。"由于头天晚上赶写一篇文稿,睡得很晚,我其实很困乏。匆匆地洗了把脸,眼前浮现出他的女友萨日娜与人畅饮马奶酒的形象。巴尔汗人精瘦精瘦的,他的女友却像一个剽悍的摔跤手,长有一副大骨架,脸蛋被日光晒得通红,一双火辣辣的大眼睛忽闪忽闪。我头一次见到她时,她的额头上扎着一串水晶珠链,正在马圈里搂住一匹小公马的右腿,给马修剪厚厚的硬蹄子。她弯着腰身,身体的线条优美毕现,动作十分麻利——嚓嚓——喀——声音传出好远。按理说,挂马掌修马蹄之类的糙活,应该由力气大的爷们儿来做。我还见到她提起一只羊的后腿,往木板上重重一抛一扔的场景。她动手活剥一头羊像手里撕扯一只青蛙,三下两下就解决了。望着她动作娴熟地做着这些,再看看躺在蒙古包酣睡的巴尔汗,我觉得这两个人似乎不怎么搭,但又一时说不清哪里不搭。草原上的人私下说,巴尔汗性格有些孤僻,心眼比针鼻儿还小,爱耍小性子,遇到大事就喝闷酒,但这毕竟解决不了问题呢——酒壶喝光了问题还在是不是? 如果情况属实,性格豪放的萨日娜离开他就有了理由。其实,有许多种离开根本不需要理由,也无需解释,因为时间会将人经历的一切消化掉。

在此之前,巴尔汗曾经处过几个女友,各种性格类型的都有,疾风暴雨或小桥流水,她们都和巴尔汗在草原上同居过,两个人听着草丛里昆虫的叫声入眠。但最终却一个不落地离开了他。巴尔汗似乎也没觉得留恋,分别时将姑娘送到公路边,没有说出一句多余的话,扭身返回蒙古包继续喝酒。草地上空飞鸟翩翩,日光灼灼地照耀着他的养马圈和驯马场。

过了一段日子,又有人给他介绍女友了,他耸耸肩,一副无所谓的样子。怎么说呢,他在草原上算是小有名气的富人,养着十二个帮助干活的畜牧工,不怕讨不到老婆。时隔不久,他就有了新女友萨日娜。这个风风火火的萨日娜啊,像一匹没被驯服的烈马,谁会拥有超人的能量将她娶到手呢?

放下炉子上刚熬好的奶茶,我招呼住在对面的乌日格,乌日格发动起铃木摩托车,我们匆匆奔往草原深处,行程一个多小时才到达巴尔汗牧场。草场上野花怒放,河水淙淙,真是美极了,如果放在平时,我会跳下摩托车拍照,或者记录一段文字。但现在不行,我们满脑子都是在蒙古包急得团团转的小伙子。

乌日格的摩托车停稳,巴尔汗已经在毡房外等候了——我从没见过他的眉头皱得这么紧,聚成了一个小草垛,我想一如既往地嘲笑他:"这下你小子在乌拉盖更出名了……"但话到嘴边,又吞咽了回去。这玩笑不合时宜,理智让我及时咬住了嘴唇,怕涌到嘴边的话滑脱出来。

我想开导巴尔汗,他和萨日娜不合适,走到一起纯属上天的误会,旁观者清嘛。俗话说强扭的瓜不甜——让她走吧!爱找谁找谁去,你适合找一个温柔贤良小鸟依人的草原姑娘。但当我把意思一说,巴尔汗的固执认知把我气晕了,他说:"周作家,你、你是个书呆子,残忍的刽子手!"然后,他陈述了一堆理由,说他就是喜欢萨日娜身上那股子野蛮劲儿,他们两个人可以实现性格互补,目前发生摩擦只是暂时现象,是上天对他们俩的爱情进行考验,云云。

"我们是天生的一对儿!谁也休想将我们两个拆散……"他大声嚷叫,一边指着我和乌日格,说"你——还有你,任何人都休想做到!"

我有点蒙,想申辩说不是有人将你们拆散的,是你们两个人之间相处时出现了矛盾,这与外人没有一毛钱关系。但我面对浑身颤抖的巴尔汗,顿觉语言变得苍白无力,世上的道理瞬间失效。眼前的情形让我迅速冷静下来。我坐在一碗奶茶前沉默,索性不再说话。

"你混账!"站在一旁的乌日格看不下去了,顺手拎起桌上的空酒瓶,朝巴尔汗冲去,我急忙制止,平息一场即将爆发的"掐架"。"掐架"是草原人解决问题的重要方式,往往话不投机就"掐"上了,完成一场小型摔跤赛事。刚来草原时,我对这阵势甚是惊恐,害怕出人命,后来知道这只是为了吓唬对方做做样子,没有谁真正把器物砸到实处的,如果砸上去,草原上开花的脑袋会像夏天滚动的西瓜。在乌拉盖,牧人间还流行一句口头禅——"我不活啦!"说这话的人用手做出刀抹脖子的动作,这也根本不用担心,更不必上前阻拦,因为往下的动作是喝一口酒,或者爆发一阵大笑声。我与牧民们交往愈久,愈感觉他们像草原一样简约而又复杂,没有规律可循,比如巴尔汗为何对萨日娜如此恋恋不舍呢?可能原因极其简单,小如一粒芝麻,但外人却又猜不透,说不到要害。

果然,我们看到无计可施的巴尔汗突然一拍脑袋,从木墩子上忽地坐起身,突兀地大笑两声:"哈哈,萨日娜可能去找那匹'狼'去了!我去接她回来,我要给她跪下,告诉她我要悔改……"说着,他眼里又涌出一串泪水,他用手擦一擦,飞快地跑出蒙古包,到草场上牵了那匹跑得最快的雪青马,套上一辆木轮车,转眼就消失在草场被辘轳车碾压得芬芳四溢的小路。在他的身后,野草瑟瑟抖动,一支古老苍凉、让人心酸的牧歌在天地间骤然响起。

多年之后,当我又来到乌拉盖,在巴尔汗位于东乌珠穆沁旗牧场的家中小住,谈起往事,才知道巴尔汗口里所说的那匹"狼",是萨日娜的前男友——那家伙就生活在相距巴尔汗牧场大约五十公里外的另一个牧场,他目光炯炯,头戴一顶西部牛仔帽,养了几百头牛羊。那次事件后,他与萨日娜成了亲,夫妻俩有了三个漂亮又聪明的儿女。而我的兄弟巴尔汗,虽然坐拥千万资产,却至今还是个孤独的老单身汉。

在乌拉盖草原上挖掘

一个人在草原上行走,许多古怪的念头会不可抑制地冒出来,比如:在这里挖个地窖吧!或者像土拨鼠那样挖一个藏身的地洞。洞不能太深,太深会挖到泉眼,草原上存不住雨水,被植物的根须兜住,有的地方挖不到一米即见泉水;也不能挖得太浅,太浅了藏不住人,秋后就成了兔子窝。

写到这里,你可以设想一个画面:黄昏,一个人影在草原上挖掘,草根被利刃斩断的声音,雨点一样响彻四周。

后来,我想了想,可能是因为乌拉盖草原太宽阔了,宽阔到连体积稍大点儿的动物都没有一处藏猫猫的地方。除了一望无际的草,几乎再没有任何遮挡。头顶是一盏白炽灯似的太阳,照得人都有些不好意思。看看身边,是清一色的赶路人,有牧民也有游客,一律眯起眼睛,即便有人甩动一下胳膊也会互相看得很清——比如有人左脸上有块伤疤,有人掉光了头发,有人缺了门牙,还有人歪斜着肩膀走路;有的人习惯鼻孔朝向天空,像林间木屋顶上的铁皮烟囱。

从白山到乌拉盖行程一千多公里,翻山越岭,路过多少小镇、村屯、羊群、葵花地和荒野上的加油站,不就是为了来感受这草原无边的寂静和空旷?以及天空棉花似的云朵,飞翔的鸟雀和野鹞子,还有白天与夜晚、历史与现实的种种纠缠。

众所周知,我有浓重的乌拉盖情结。因为我爷爷在年轻时曾做过一段马贩子,来到乌拉盖草原谋生,还和当地的牧民拜过把子,结下生死之交。那个年代,生存环境恶劣,在外流浪的异乡客一不小心就会丢命。在他还乡后酒桌上的叙述中,乌拉盖占据了一个长长的章节。

与爷爷一道闯关东的人有二十多名,最后囫囵着身子还乡的人不到十位。他们的命运五花八门:有的在流浪途中睡树洞,被雷电击中,有的睡桥洞,被毒蛇咬伤;有的在冬天被暴风雪冻僵,手脚丧失了知觉;有的在马车店被倒塌的房子砸死,有的则被山贼掳走做了苦力,至此没了音讯。

比较正常的是有人患了肺病,没钱救治而死——这样的死至少没留下太多后患。最悲摧的是有人在伐木时被黑熊偷袭,咬下一条胳膊或者一条腿,成了残疾人。这样的人回乡后大都没能成家,整日沉默寡言,蜷缩在墙脚下晒太阳,静待时光把剩下的骨头收走。比较之下,我爷爷算是幸运,虽非大富大贵,但躲过了七灾八难,还带了些余钱回乡,让整个家族安定下来,在故乡鲁西平原的村庄盖了两处混砖平房院落,在村东开了两亩六分地，还饲养了一头牛四只羊，亲手打制了一辆木头车，解决了诸多过日子和劳动的难题。这让乡人羡慕不已，以为我爷爷闯关东发了大财。

但好景不长，大约半年后，我爷爷就暴露了其酒徒本相，他嗜酒如命，喝得整个家变成了一只空酒瓶，最后把家中值点钱的东西都变卖了。屯子里的知情人透露说，我爷爷的酗酒毛病，就是在乌拉盖草原上沾染上的——在苍茫寂寥的大草原上，很容易喝酒成瘾，甚至中毒。几年前，电影《狼图腾》在院线公映，我看后便欲找小说原著，没想到我书架上就有这本书——由于我向来对畅销书保持一定警惕，这部畅销数年的小说便一直束之高阁。此次有了电影的契机，才得以浏览翻阅，读后加深了对酒鬼爷爷的理解，宽宥了他生前爱耍酒疯、借机宣泄一下坏情绪的种种往事。

我在想，我爷爷浪迹乌拉盖草原时正值年少，一个人破衣烂衫地牵着几十匹马，每天在东家的吆喝下度日，一天劳作下来，不喝上一碗"蒙古烧"睡不好觉。他吃住在简陋的马棚里，夜夜听着马嚼食草料的声音。一日三餐，除了高粱楂子，就是土豆白菜。牛羊肉只有在过节时才能吃到。平日里东家吃肉，我爷爷至多喝点肉汤。

在电影《狼图腾》中，主人公下乡知青陈阵除了牧羊，就是倒在草丛中衔一枝狗尾巴草畅想未来，劳动之余跟随牧人毕利格阿爸掏狼崽捉黄羊，冬天的闲暇时光还能和一位蒙古族少女噶斯迈谈情说爱。这些情节的设置,未免过于浪漫,与我爷爷当年真实的草原生活形成了鲜明的对照。

头一天,我到电影拍摄地兵团小镇看了看,说是小镇,其实只剩下一处大院子,内设集体宿舍、公社食堂、供销点、卫生所之类。知青们当年的生活遗迹荡然无存,战天斗地、扎根草原的誓言早已在空中消散。草原日益被风雨沙化,动物种群的繁衍条件也面临危机。据牧民们说,那天在乌拉河畔看见一只狼出没,神情哀伤,低头走路,目光里也少了野性。

"狼是草原的精气神。"——经验丰富的牧民阿斯嘎目光炯炯,说从野狼的尾巴梢上观其年龄,那是一匹行将就木的瘸腿老狼。他断言说它活不过这个秋天的,会在入冬前悄悄死在某个远离同伴的角落。

芒草里藏着野兔的家

没想到,我向巴音老人说了第二天去草原上捉野兔的想法,竟然被一口回绝。巴音老人说:"不如到水泡子去划船吧,桦木舟你没见过吧?"我摇摇头,突然间感觉和蔼的巴音老人有点古怪。

我急忙在脑海里翻检词条,找到"桦木舟",浮现出某部外国渔猎纪录片,知道桦木舟长约两米,能载四五个人,由于吃水浅,因此可以顺利通过沼泽滩涂地带——我想起昨天,无意间在草原上发现一个大水泡子,四周长满了灌木,以柽柳为主,其余的都是芒草。

要命的是,水泡子那个清澈啊,清澈到不忍心用手去碰,害怕把一幅俄罗斯油画碰碎。这时候,如果将一只桦木舟放进去,无论游玩还是撒网捞鱼,都有点煞风景。在我看来,这么清澈的水在大地上太难找了,可惜水珠不能做成项链。

我知道从前不是这样。从前的乌拉盖草原,一到秋天就开始打野,牧人们走出蒙古包,用枪瞄准鸟、狍子、狼、黄羊、野猪、白唇鹿等等,当然主要是野兔,因为野兔太多,比较好猎获。枪声四起,砰砰砰,砰砰砰,猎物扑通倒地,浓郁的火药味在宽阔的大草原上扩散。

节气进入九月,草开始变黄,繁殖了几个季节的野兔无处藏身,极容易暴露行踪。秋冬两季是野兔种群的灾难,眼瞅着它们像撒落在草原的甜点,被天上的鹰叼走,被猎狗咬死,更多的被枪击中,变成了牧民们的下酒菜。

应该忏悔的是,我曾经品尝过野兔子肉。十几年前,担任山东电视台一档《飞越齐鲁》的纪录片撰稿,去东营黄河三角洲采访,那里有大片自然保护区,满眼尽是开花的芦苇荡。那天中午的招待饭,即上了一盆野兔子肉,见我下箸迟疑,站长急忙解释,说野兔泛滥成灾了,上级允许捕猎一些,以维持生态平衡云云。正因为有了这一通貌似合理的说辞,人们放下心大肆猎食野物,终于吃出了问题。

野兔胆子小,性情温和。平日里只吃青草,其肉质散发一股草味。老天在造物时偏心眼儿,把这个物种造出来,好像刻意为了供强悍者食用。但我知道,它们并不情愿。

"从前,每一株芒草下,都是野兔的家。"在去水泡子划船的路上,巴音老人对我说。"但现在你翻遍草原,也难找到那么多野兔。"到了秋天,许多草被割掉,堆在草场上变成一堆堆干草垛,很快招来黄鼠狼、猞猁、刺猬和野獾,但野兔像是成了精,愣是不上人类设下的各种圈套。

较之家兔,野兔的智商要高出数倍,堪称草原上的小精灵,生存危机意识甚重,好像生来就有。它们动作轻盈形体灵敏,跑起来连猫科动物都撵不上。人类也依照自己的游戏,将其编排讥讽,虚构出一个《龟兔赛跑》的故事。事实上,千百年来,野兔都对自然的天敌和人类保持高度警惕——在繁殖期,母兔和公兔分工明确,它们早早做窝,巧设伪装机关,在夜晚产下一窝兔崽,即便你一脚踩中了它们的洞穴,也很难发现这里埋藏的巨大秘密,因为眼前的一切都天衣无缝,像一块完美的织锦。这时候,忙碌的公兔和母兔在洞外觅食回来,先是潜伏在洞穴四周观察,如果嗅到一股陌生的气味,它们会果断调头离开洞穴,宁肯抛弃七八个嗷嗷待哺的兔崽,也要义无反顾地奔向茫茫草原——听起来很残酷,但这就是大自然坚硬似铁的法则。

巴音老人对我说,这不是最残酷的——草原上的湖水里有一种鱼,会在遇到危险逃生时为了减轻负担,将身体的一部分内脏抛给追赶的天敌,让对方以为取得了胜利。然后,它会悄悄躲藏到安全的地方,经过一段时间的疗伤,再长出一副新的内脏。

我听后大为震撼,自此知道,无论多弱小的动物,哪怕生存单位以分秒计算,也想多活一些时间。

白山栅栏

怎样向你描述我住在白山脚下的临时住所呢?有时候语言是无力的,文字更是无力,连对某个现场的真实还原都做不到——因此,我从不盲目听信另一个人对我滔滔不绝地讲述某一件事物。

如果用一幅中国画将我的白山住所勾勒出来,大约是一幢简陋的砖瓦房,门前是一片稀疏的白桦树林,背景是远山云影——这曾经是一幢守林人的小屋,经过一番改造装修,成了专门为旅人准备的出租屋。为了完成一部作品,我要在这里住上整整一个夏季。但是,我要说,这只不过是周围地貌的一小部分,连五分之一都达不到。中国画讲究简约意境,画外有画,可它永远也画不出身临其境的诸多细节。

在白天,森林似乎安静得像一座古堡:枝叶被微风吹拂,发出轻轻的低语;蜀葵在溪水旁结出一串花穗,野蜂在草丛中飞翔;屋后高大的古松下,一个大大的蚂蚁窝,蚂蚁们正在日光下忙碌着搬运食物。每天早晨和黄昏,我沿着屋后的溪水散步,时常与松鼠和野兔相遇,我们对视片刻,然后各自礼让地走开。极目远眺,巍峨的白山顶上正飘弋一团变幻多姿的五彩云朵,阳光投下的金线布满整个林间空地和每一片在风中燃烧的树叶。

有一次,遇到一只白狐,它先是在河的对岸一路小跑,似乎在追逐什么猎物,起初我还以为是一只流浪狗,但它优美的奔跑姿势比狗好看得多。它很快从独木桥上越过溪水,爬上土坡,然后一个箭步跃上了一堆被人废弃的木柴垛——这个木柴垛离我不过百米之遥。眼看着我与它的距离越来越近,我怕惊扰了它,只好暂时停下脚步远远地观察,并且有意地侧着身子向一棵大树靠拢,后来,我躲到树身后,可以方便观察和拍摄这只白狐的全貌。应该说,这只白狐太漂亮了,全身的皮毛简直一尘不染,它的眼睛像天使的眼睛,只是习惯性地眯成了一条细线,像一弯勾魂的新月,让人产生迷幻,让我想起《聊斋》中的白狐婴宁和娇娜。

我当时想,为什么这是一只独自活动的白狐呢?这么漂亮的动物不应该是孤单的。我怀疑,动物界大约是不分美丑的吧?在它们眼里,既无英俊小生,亦无窈窕淑女,有的只是强悍与弱肉,这是自然界亘古不变的丛林法则。

一只鹰隼从松枝上飞来,大概瞄准了河岸上的山鸡。只听得空中响起一声尖叫,机警的白狐从木柴垛上飞也似的逃遁。从此我再也没有见过这只白狐,但我能隐隐地感知到它的存在,它的巢穴就在附近,它的影子在月光下游荡。有好几次,我能闻到空气中弥漫着一股白狐的气味。这气味不太好闻,但很快便被森林的气息稀释覆盖。

在森林里,顶好闻的是雨后湿地散发的气味,树木经过一场雨的泼打,很快发酵出馥郁的香气,松油夹杂着各种花草的香气,附近的河水也制造出比平时更好闻的气味。雨后,我提着一只篮子在松林里寻找从树上落下的松果和野果,以及从空地上突然冒出的野葱和野蒜。揭开一丛鼓起的软土,露出一只香喷喷的白蘑菇,再往前搜寻,又发现一丛黑木耳或野生猴头。那么,整整一天的食物都有了。每当篮子被各种野货塞满的时候,我便忍不住喃喃自语:"哦,大地是多么丰富、慷慨、奇妙!"

我把满满一篮子林中山珍拿到河边清洗干净,到厨房里收拾一下,从小冰柜里取出一块野猪肉,点燃木柴,把野味在灶前慢慢炖熟煨烂,让香气飘远,飘到河的对岸,炊烟在水面上飘散,在森林上空萦绕。饭做好以后,我把野味盛到碗里,端到河边一株躺倒的红松旁边,望着流动的河水,坐在树身上大肆饕餮,野葱蘸酱的味道招来一群游鱼,在脚下吐水泡泡。

当然,在白山度过的那个夏天,也不全是浪漫和宁静,比如有一次,一只白色大鸟在深夜突然降临我的窗前,它制造出的动静着实吓了我一跳。它有着长长的喙、尖尖的利爪、古怪的叫声,和一双能够刺穿黑暗、散发幽蓝荧光的眼睛,尤其骇人的是一双巨大的翅膀,张开来几乎占据了整个窗户。

我对生物学的功课做得不够,至今叫不出它的名字。好在夏天很快过去了,我的林间写作也告一段落,我便收拾行装,离开了那幢诗意充盈的森林小屋。

第二年春天,我又来到白山,特意开车绕了好远一段路寻访故地。远远看去,那幢小屋子居然还在,只是屋子周围被一根根白栅栏给圈住了,栅栏门上还落了一把铁锁,已经锈迹斑斑。

白桦树皮

嘿,你做的白桦树皮灯罩收到了,当快递员把包裹传递到我的手里,我一时呆愣住了。对不起,从白山归来,便陷入日常忙碌,竟然忘记了我们的林间约定。但当我打开邮件,心思瞬间被一种难以名状的喜悦占据——这只白桦树皮制作的灯罩,薄如白纸,更像透明的蝉翼,带有天然的纹理。白桦是俄罗斯的"国树",是举世公认的"艺术之树"。而这只灯罩太漂亮了,通体散发树木的清香,让我的灵魂瞬间插上翅膀重返白山。我把灯罩摆在案头,仿佛感知到自然的空灵与神性——自然赋予白桦树皮以生命和呼吸,同时赋予了你的灵性和你的气息,让我觉得你时时在我身边,注视着我的一举一动,我坐在书房里努力工作的情形,我冥思苦想的发呆的面容。谁都无法想象,它的前身来自一种北方树木,经过你一双巧手的精心改造,演变成了一盏沾满幸福味道的光束。

从此,我幽寂的书房里有了一盏橘黄色的小灯,它陪伴着一个人孤独落寞的夜晚,陪伴着屋檐的露水、墙角下的猫,以及蝙蝠、蜘蛛、蛐蛐和各种夜游的生物。眼前已是夏天,窗外又开始落雨了,阳台上从白山采来的松枝还泛着青绿,你送给我的登山木杖,还沾着河滩卵石的水草屑。

在通往白山的路上,阳光浮动,天高地阔,溪水在路两边流淌,树叶在风中喧哗有声,水边摇曳着野花。微风拂面,把沉睡一冬的心情也吹醒了,我打开封闭多年的话匣,对你讲述我的困惑、我的内省、我的焦虑,我对于未来的一些不成熟的设想。在路上奔走了这么多年,航标灯依然在黑夜的心海照亮,北斗星在头顶、在滩涂与草原、在茂密的桦树林上空寂寞燃烧。

车轮滚动,碾过初夏时节起伏不定的柏油路;车轮像读秒器,一页页翻去,在读大地这部没完没了的天书:丛林、田野、山岳、河流、湖泊、微风和低矮的乡村农舍。每当经过一座屯子,我们都停下车来,进行一番考察——我们看到老人在树荫下闲叙家常,一只黑狗在柳树身上撒尿,女人端着簸箕到场院里晾晒大豆。而男人们早早醒来,赶着牛车,到黑土地上开始一天的劳作。白山脚下的屯子里,一些年轻人走了,到遥远的城市里打工谋生,挣钱养家;另有一些年轻人读完了大学后,却义无反顾地回到了故乡,让双脚重新沾满了白山的泥巴和麦草屑。有许多从异乡的城市落户到屯子的年轻人,在这里娶妻生子,成了白山永久的居民。他们说:"白山空气好,水土好,在这里度过一生是值得的。"

好空气已经成了一个时代的稀缺资源,而原生的水土,是让一个地方保有一世宁静和生生不息的前提要素。一切都没有那么复杂,选择适合个人的生存环境比你追我赶、失魂落魄的从众心态重要。我不由得想起我从前的居住地,那个以工业增长速度著称的城市,长期以来,天空看不到清晰的星月,流淌两千年的河流枯竭,山林光秃,地下资源被掏空,村庄随时有陷落的危险。而在城市的中心,高楼依然林立,遮挡住了日光,让生命一天天发霉变质。

是的,我觉得在这个时代,我们迫切需要的,是真正有责任感的智者、思想者和科学思维精英分子,是持续的建设性和对自然法则的足够尊重,是一颗能够经得起时光追究的内心秩序和接纳宇宙八面来风的开阔格局,而不是一场又一场的功利表演和言行不一的人格分裂和扭曲。

在白山茂密的白桦林中,我们忘情地陶醉于野生灌木和漫天飞舞的雪花中,仿佛置身于列维坦的名作《桦树丛》中的画境:明亮的光线,茂密的草丛,清澈的溪流,美丽的白桦……我们搂定一棵高大光洁的白桦,与树身上的一双双眼睛互相对视,沉默良久。在那一刻,我突然觉得那是一双双神灵的眼睛。在这片人迹罕至的白桦林中,我们发现了一株被风吹倒在地连根拔起的白桦,它的树身上有被松鼠咬啮的痕迹,有被暴风雪猛烈打击的痕迹。烈日吸走了它的水分和汁液,野兽曾经朝它身上泼洒污水,不知是哪一年的山火焚毁了它的根须,树干也开始糟烂腐朽。它死了,从植物学的角度而言,它已经没了生命感知,没有了担忧和生之苦痛。但它的树皮却依然光滑鲜亮,可以制作一百只灯罩。

你小心地把这一片片伟大的树皮取下来,放到一块蓝布头巾里。

萤火天堂

傍晚,我照例在林间散步,不小心进入了一处山崖与峡谷布置的迷阵,细雨及时地飘落下来。

眼前忽现一个山洞,洞内一片通明,似乎还从中传来阵阵奇妙细小的微响——我受到吸引,快步走了进去,顿时被洞内的阴凉气息所袭击。我发现山洞很大,幽深不见出口,湿漉漉的石壁上聚满了流水,一些细小的葛藤顽强地从石缝中探出叶片;而洞内的一片光亮在忽高忽低地起伏飞翔,把洞内变得扑朔迷离,如梦似幻。起初,我还以为是森林管理员精心打造的效果,或者他们要开发这个山洞,以此招徕游客。

但我很快就否定了这个判断,因为山洞外太狭窄了,脚下即是万丈深渊,几无开发空间。那么,洞内的光亮究竟源自何处呢?至今是个谜。当然,我怀疑是萤火虫,因为只有它们身上背负着一个小小发光器,夜晚发射神秘的光源,在黑夜的屏幕上划出一道轨迹——试想,如果追溯到远古时代,旷野茫茫,夜幕如铁,这道光亮的出现是个多么伟大的奇迹。

当我还是一个少年时,曾经在故乡水库旁边的营地度过一个漫长的假期,每天在生满芦苇的水中游泳嬉戏,一晃就是一个夏天过去。有一次,夜幕降临,我提着泳衣走上堤坝,穿过林间返回营地,忽然发现有成群的萤火虫在我周围飞翔,它们没有声音,却照亮了林中道路。那一刻,我置身森林,左顾右盼,脚步轻盈,仿佛进入天堂般的梦境。

自那以后,我便格外怀念这一缕微弱的神性萤火,当在黑夜行走于荒野上时,它们便和夜空的星群呼应,神奇地在我眼前飘荡,让我接受上苍冥冥之中的暗示。我在瞬间获得了安宁,面对眼前的处境坦然而从容,不再疑虑也不再恐惧。其实在人类的生活中,只需要一点萤火的光照就够了,就可以把凄苦的日子酿造出希望的蜜浆。

还有一次,我在下山时遇到三只梅花鹿,它们隐藏在美人松后的雪窝里。起初,看不到它们的长脖颈和脑袋,树身下闪动着几只毛茸茸的尾巴,后屁股居然静止到一动不动。显然,是我们在山上的说话声惊动了它们——人在山上说话,哪怕声音不大,也会像石子一样滚下山坡,发出骨骨碌碌的声音,山下的生灵耳朵灵敏,老远就能听到。

当然,还有一种说法,就是白山原本是一座神山,可以喷火,也可以涌泉,山上山下被互相打通,自然也就没有秘密可言,人说的每一句话连山上的草都能听懂。当你在山上唱歌,说些吉利的话时,漫山的动物和植物都会跟着高兴,随风舞蹈拍手鼓掌;如果你在山腰上不小心跌倒或者受伤了,嘴里发出抱怨和责骂声时,整座山都会黑下脸来,山体飕飕地向外散发冷气。

那天,鹿们一听到人语,便躲到了大树后,屏住呼吸静等人的脚步声远去。只是,这次遇到的三只鹿未免太憨厚朴实了些,觉得眼睛避开了人,人就看不到它们硕大的躯体,它们以为这样就算藏了起来。因此,我们当即认定,这是动物界中品性良好的三只鹿,没有什么城府,对人类更是无害。

与其他的猛兽不同,白山一带的梅花鹿以温柔著称,尽管身材高高大大,却是动物中最面善的族类。通常,它们与世无争,对任何动物都表示友好,这一点和羊类有点相似——都长着一副诗人或哲学家般瘦削的脸颊,随时为真理做出牺牲;年长的鹿留有胡须,眼睛流露温和,让人感觉亲近,如果它们能发声,一定是和声细雨的,像部落里足可信赖的长者。可现实的情形是,它们享受不到人类的文明秩序,没有自己的部落,也没有组织,没有精神引导,没有天气预报……在残酷的自然界,它们只能被动承受着四季的冷暖,暴风雪的袭击,遇到攻击时找到洞穴躲一躲,遇到晴朗的天气就出来觅食,身上多了伤口就互相舔舐安慰,有了开心的事情也不会吟诗歌唱表达欢喜。在世界面前,它们永远投去平静温驯的目光:没有哀怨、没有挣扎、没有欲望……常常,鹿身上无端地落满了苍蝇,落满了麻雀的粪便,落满雨雪和冰雹的刀剑,但它们总是若无其事地从容散步,面带微笑,隐忍着走过危险的布满陷阱的丛林。夏天,它们躲避风雨的地方,不过是一块陡峭的岩洞,雨水正从天而降,瀑布一样泼洒下来,可爱的鹿们只是伸出粉红的小舌头,舔舔雨水,用身体蹭蹭崖壁,内心企盼着阳光的照耀。

面对鹿是自然界中最善良的生物之一这一事实,人类多少有些百思不解,觉得它们长有一副高大的躯体是一种浪费,它们完全可以凭借一身力气向天敌发出挑衅,或时时以欺辱同类证明实力,但它们却果断地作出了谦卑平和的选择。恰恰正是这一点,让人类有所感悟:唯有内在的品格标识着我们的行为,它们是河流汹涌前行的方向。

当我在林间游历,面对千年的火山岩石和躺倒在地的百年枯木,时常被巨大的孤独感充塞灵魂,感到失望而无助,觉得生命在天地间如此渺小,人生太短暂了;但当我转身朝丛林深处走去,看到雨后的草地上野花绽放,叶片上的露珠闪烁光亮,心头又忍不住浮现出一种生而为人的庆幸和喜悦。

黑土里钻出许多东西

一到春天,便会从黑土里突然钻出许多东西,除了灌木丛,还有许多叫不出名字的植物和花朵。丁香的气味比较冲,混合着风吹过来,吸多了会让人头晕。而阳光在春天总显得苍白无力,经不住一点风吹,斑驳的光点在路边的草尖上舞蹈,仿佛草尖上正上演一台歌舞会。脚步向前挪动,这时候会看到阳光的真实面目,像一枚枚铜钱,一串串地在地上游移。而当你无意间一抬头,是漫天飞舞的喇叭虫和飞蛾。

极目远山,灰椋鸟、乌鸫和白嘴鸦正成群结队地飞来,它们在白桦树林中嬉戏筑巢,加入春天的合唱,渐渐定格成一幅木版画。一个头戴狗皮帽子的农人,到林间空地上撒花种,开始做入春后的第一桩劳作。在他看来,森林里如果没有花草,就像天空没有星星一样寂寥。农人手搭凉棚,望见野岭起伏,雪线在山顶划出了明确的分界,大地如此空旷、寂静而苍茫——如果沿着山脚下种花,一路种去,用一年的时间也种不完。

而在此之前,黑土地上的冬天冷到了极点,森林中的泉眼被冻结,白桦树冻得发抖,啄木鸟正猛烈地敲击树木,结果喙被冻僵在树洞里,它扑棱着翅膀挣扎,最后没了力气——有许多飞禽的标本,就是这么获取到的。有人曾夸张地对我表述,白山最冷的时刻,可以把烟囱冻裂,屋顶上留下一缕炊烟的形状。风雪过后,天黑下来,整个山林一片寂静,方圆百里听不到一句人语,木栅门前蛇一样弯曲的小路伸向白茫茫的远方,深深的雪地上,只有一头黑熊在吃力地迎风而走——孤独而倔强的黑熊,固执地走在雪野中,仿佛是赶赴一场不能失约的聚会,又仿佛奔赴一场生与死的决斗。

在白山,一年四季,至少有三个季节是沸腾和忙碌的,除了种花,人们挖山参、种向日葵、捕鱼、采山货、伐木和割芦苇,尽情地从山上获取果实,年轻人还在半山腰大声唱歌:

> 白云朵朵,
> 花儿香香,
> 在高高的密林,
> 住着我心爱的姑娘。

当过了十一月,气温骤降,封山令一下,人类便把白山还给了神灵,和动物们一起瑟缩着脖子过冬。整整一冬,白山属于自然之神——暴风雪一场接着一场,天神任性地把林海雪原涂改面貌,布置成大地上的迷宫。在自然面前,偌大的白山不过是一只玩具,像一只旋转的陀螺,如果稍一用力,白山这只陀螺就掉进冰窟窿里去了。人类呢,大约是吸附在白山上的蚂蚁。

整整一冬,我躲在木屋里不敢出门,能清晰地感受到寒冷已经抽走了身上的大部分热量,我害怕出门后走一段路,就没了回家的力气,像啄木鸟一样被冻成标本。偶尔拉开门栓,是为了到屋后取几根木柴,给火炉和土炕加一把火。这时候,全家人都离不开一堆燃烧的木柴,依赖这一堆火焰给身体输送热量。木柴毕剥燃烧着,映红了每个人的脸庞,瞳仁明亮,似乎人人都怀着心事,像一粒花种播进心田的泥土,那是难以抑制的对春天的渴望。

屋檐下冰凌垂挂,形成冰柱,风一吹呜呜作响,而我们把身体紧偎火炉,讲些轻松的话题抵御恐惧,讲温馨的陈年往事,也讲多年前的某一次历险,家人们在用这种心照不宣的方式互相打气。但在呼啸的风雪中,还是有一些坏消息从门缝里传递过来:黑风口发生了雪崩,山脚下的二歪嘴被冻死了,疯狂的野狼趁风雪袭劫了赵大棒家的养鸡场……每当听到这样的消息,我们都在整整一个晚上失眠,夜晚点上烛火暗暗祈祷,人人都害怕自己栖身的这幢木屋被暴风雪瞬间吞噬……如果房子在风雪中坍塌,那么这里除了留下一堆瓦砾之外,还有木梁下压着的几条人命,以及全家人做过的许许多多关于春天的梦。

有一年,赶上过春节,家家户户都在忙活着包饺子、炸丸子和蒸黏豆包。可恶的暴风雪却不长眼色地来了,来了就像狼外婆一样赖着不走,接连折腾了三天三夜才停歇下来。在整个过程中,储藏的吃食还好,有一瓦缸年货,有过年的香米和荞麦粉。可屋外的一垛柴火却很快烧完了,无奈之下,我们只好拆除了围栏上的木条当柴火烧了,如果暴风雪再多刮一天,我们会把小仓房的门烧掉。

这让我对木柴怀有一种特殊的感情,说不清道不明,反正看了就想偷偷地落泪。

直到今天,我还保存着一个令人费解的习惯——当木柴燃烧完以后,我喜欢提着半铁桶草木灰,把它们倾倒在大路边,篱笆旁。然后,我悄悄地躲起来,用眼睛观察路上的行人,看看这些草木灰是不是被他们的鞋子踩到了——如果行人踩到草木灰,我会很高兴。

我想,这个远道而来的过客,我们在一生中都不会有任何交集,但他的鞋底上却偏偏带走了我们家的草木灰。这究竟属于什么缘分呢?要知道,这些草木灰刚刚在昨夜温暖过我们一家人的命,上面沾有我们的体温。

就像眼下,这山下漫天飞舞的灰蛾、蜜蜂和叫不上名字的昆虫,它们带着春天的冲动,从解冻的黑土里破茧而出,在春天的山野成为季节的一员——这景象让人望一眼就觉得踏实和庆幸。

要知道,经过去年的几场暴风雪,许多人已经喝不上一杯新年的春茶。

月光照亮蒲草丛

去白山之前，要提前好几天做出行的准备：给车子做一次保养，加满油，带上水壶、水果和火腿肠，以及雨伞、运动鞋、风油精和常用药。我们知道去白山的路很长，长过湖岸上的柳树梢，甚至长过一个春天。而进入五月后，各种植物刺鼻的气味从大地深处钻出来，熏得野獾找不到回家的路。

去白山之前，我们必定要去的地方是位于郊区的净月潭，像一个潜伏内心的秘密，那里隐藏着一座人间桃源——在那里，我头一次见到堆积如山的大雪块，我们欢呼着朝大雪块奔跑，想去堆几个雪人。当时冬天刚过，我还穿着一件蓝色小棉袄，一不小心踩进了深深的雪窝里，积雪没过膝盖，弄了好半天才挣脱出来，惊出一身冷汗。雪地上的干枝梅等多种干枯的植物真是漂亮，我们采了一大束，带回家放到青瓷瓶里，洒点水，眼瞅着这干枯的花枝又活了过来，有了生命。

当冰雪消融，五月的湖岸上长满了柔韧的蒲草，青蛙早早地在蒲草丛中发出单调却又悦耳动听的鸣叫：咕呱！咕呱！——拨开丛丛灌木，我们顺着青蛙的叫声寻找喇叭虫和鸟窝，很快就捉到满满一罐喇叭虫。东北的喇叭虫是黑色的，个头也大，似乎有两根胡须，暗示着东北大地的某种豪放与强悍。这和我的故乡鲁西平原上的喇叭虫有所区别，我童年时代的喇叭虫出没于春天返青的麦田上空和白杨林中，颜色为褐色，或者接近咖啡色，把喇叭虫从蛐蛐罐里倒出来，就像一壶待煮的咖啡。那个年代的喇叭虫多半是捉了喂鸡，鸡吃了虫子会多下几个笨蛋，然后挺着骄傲的身子对主人炫耀。

听我祖父讲述，在早些年，屯里人把喇叭虫烧烤了吃，小孩子吃得满嘴涂满黑焦灰，成了"黑嘴子"。那应该是更遥远的饥饿年代，我没赶上。而今天，我们在净月潭的蒲草丛里捉到的喇叭虫，其行为没有任何功利实用性，只为一种发乎天然的童趣。童心始终像一钩新月，在心里萌动嫩芽，勾起愉快或者伤怀的往事，连接着故乡的土屋与水塘，连接着宅基地。我们捉了满满一罐虫子后，便到松林里去放生，看喇叭虫瞬间飞上林间晴空，心情瞬间大悦——自此多了一种体验：世上有一种东西被你认真地捉了，结果又无奈地放飞了。其实，全部人生不过如斯。

直到今天，我的书房和阳台上还挺立着几株灌木枝，上面静静地安睡着几个空空的鸟窝，它们来自净月潭的蒲草丛。鸟儿在春天孵化，大约一个月后出壳，嗷嗷待哺的鸟儿张开嘴巴，像一簇盛开的黄金花朵。无论是什么鸟类，雄鸟和雌鸟一旦做了父母,都会不辞辛苦地昼夜捉虫觅食,尽心尽责,宁愿自己忍受饥饿也要把食物送进幼鸟嘴里——鸟类的整个哺育过程都是秘密进行,不能走漏一丝风声。为了防止遭受其他动物的袭击,它们把幼鸟的粪便吞到嘴里,衔到安全的地方扔掉。在净月湖畔的蒲草丛中,我发现了几个正在孵化中的鸟窝,其中一窝蛋是蓝色的,像我小时候玩过的蓝色琉璃球一样美丽。我小心地用一根草茎拨开鸟窝,用手机拍了张照片,惊叹着大自然的造化,然后轻轻地离开了这个鸟窝。鸟蛋静静安睡的样子让人联想到岁月的美好,壳内正蠕动着一个幼小的生灵,它们属于大地的一部分,我真怕自己的鲁莽和好奇心惊扰了它们的睡眠,阻碍了它们生的渴望。试想,如果天空没有了翔集的群鸟,整个世界必然味同嚼蜡。它们就像是一组上帝创造的"发报器",源源不断向人类传递吉祥的信息。我听说人一旦接触到孵化中的鸟蛋,敏感的鸟妈嗅到陌生的气味后会将这窝鸟蛋果断抛弃——它们对人类保持高度的警觉,在动物界,这一点连野兔、松鼠都一样。动物也有自己的洁癖,似乎是一种约定俗成的公约。

"劝君莫打枝头鸟,子在巢中望母归。"唐代诗人白居易是最有情怀的大德,他写的这首七言绝句《鸟》,道出了对生灵更深刻的悲悯。

鸟蛋孵化成功后,经过两个多月的精心喂养,幼鸟很快长出翅膀,这时候鸟妈和鸟爸会耐心地教授幼鸟学会飞翔的技能,它们一次次地在鸟窝里飞进飞出,不厌其烦地重复一个飞翔的动作,让幼鸟进行模仿训练,它们示意并引领自己的孩子飞出巢穴,勇敢地迎接广阔的天空和大地,在暴风雨中歌唱,觅食悲欢。

从此,鸟儿飞远,带着各自的命运走散。而曾经一根草一根线如人类编织一件毛衣那样精心编织的鸟窝被废弃,变成空巢,这是鸟们留给人类的一个小小哑谜。

一年一度春风至,蒲草丛被月光照亮。

松脂的气味

"前面就到白山啦。"

话音刚落，雨就来了。雨珠在挡风玻璃上滚动，像顽皮的孩童跳来跳去，它们很快占领了方向盘前的舞台。我们坐在车内，观看一场雨珠表演——这透明的、小小的演员，像蝌蚪界的名角。这是白山的春雨，它们掠过浩瀚的松树丛林，带有松油的清香，一部分被风吹远，一部分来到我的车窗前。

雨是上天恩赐的礼物，并且有好赖之分，杜甫诗云，"好雨知时节"——一场好雨是柔软的，沙沙地落着雌性般温存的呢喃，是说给大地的情话；这样的雨落到白山顶上，枯黄的草芽和树梢顿时就绿了一片，山下的河流解冻了，积雪丝丝融化，变成溪流汇入河水。遇到这样的雨天，白山人走出木屋子，身披蓑衣，手持钢叉，肩扛渔网，十分惬意地提着木桶到河里捕鱼。河水里游着食指大的小白鱼，捞上来炖汤，味道鲜美到要死要活。

这样的小白鱼汤，我十年前在内蒙古边境小城阿尔山品尝过。那也是一次文学采风，向导熟悉当地的风土人情，其中美食为最，一路上推荐我们一定要喝一次小白鱼汤，它们产自长长的哈拉哈河。哈拉哈河丝绸一样在草原上飘动，清澈得可以看到河底的水草，人们一网打下去，便会捕捞半篓子活蹦乱跳的小白鱼，当地人专门开设了小白鱼罐头厂，行销四方。除了味道鲜美的小白鱼，阿尔山一带大大小小上百个野湖也温润可人，像病美人的明眸，睫毛下流露哀伤。

沿着野湖一路向东，就是广袤丰饶的呼伦贝尔草原。夏天的草原是开着花的，一如这绵绵细雨中白山的森林和洼地，沿途都是姹紫嫣红的野花。

白山的气候变化多端，接连下过几场好雨之后，老天便要有意考验一下人类，或者故意和人类开个玩笑——用什么手段刺激一下麻木不仁的人类呢？下一场坏雨吧。于是狂风大作，山呼海啸，整个森林发出怒吼，鹅蛋大的冰雹砸下来，躲藏在林间的动物吓得四处逃窜。白山人管下冰雹叫下"雹子"，这里的雹子个大实沉，像秤砣，曾经砸死过山中的采药人。有一年下大雹子，风卷残云，所到之处，遍布动物的尸体。还有一些大树被风连根拔起，壮烈地倒在林间空地。松树气质虽然不凡，但松枝谈不上十分柔韧，很容易在风中折断。断裂的松树并不影响生长，仍然直上九霄。而且，松树全身都是宝物，树身可以做栋梁、打家具、制造船只；松子可以榨松子油，加工松子零食；松花可以制造松花粉，是天然的养生保健品。最有趣的是松塔，像一座天然的微型艺术品，更像是神灵的专用道具，是童话的缩影。剩下的是松针了，我有一位名声卓著的兄长，长期将松针当茶饮用，饮后神清气爽，写出了皇皇百万巨著。

在旅途中，我们还在白山脚下走过一次狭窄的甬道，那是从集安到临江的一条路，原本开阔平坦，走着走着就钻进了玉米地，周围没有人影，路畔有几幢破旧的木屋子，从其低矮的尺寸分析，不像是给人居住的，倒像是流浪的动物们的避难所——我在想：人类已经达到拥有如此大爱的境界了吗？再往前走，路两边出现了簇簇灌木，路狭窄到令人窒息，仅仅够一辆车子通过，不免胆战心惊：如果对面开过来一辆车如何是好呢？根本没有错车的空隙。好在这种让人担心的事情没有出现，而车子几乎是一点点下滑，迟疑不决地走出了这段迷宫一般湿滑的道路。

刚走出甬道，一场雨就来了——白山的雨洋洋洒洒，出现在幽静的屯子上空，落在一群过马路的白鹅身上，落在一片开花的土豆田上；白山的雨，把整个白山的野草花清洗了一遍，野草花像一盏盏灯笼升起在山脚下，照亮了一幢幢干草棚和屋顶飘散的炊烟。

而玲珑剔透的雨珠继续滚落地面，制造出一片好看的气泡，里面跳跃着彩虹，雨水里有松脂的气味。有许多次，我设计过一个梦一样的场景：在白山的一场好雨中，我们变成了松鼠，躲进了树穴中嗑食葵花子，四目对视，会心一笑。

侧耳谛听,树穴外的雨声何等美妙动听。

黄昏,雨停风住,霞光满天普照,空中翻滚着多姿的云彩,有的像一条巨龙,有的像一团好看的锦缎,有的则像一尊菩萨,双手合十,静坐在白山之巅。

会跑的人参

在整个白山,似乎什么都会跑:从早晨开始,太阳从天上跳到地面上跑,把整个森林抚摸了一遍,数落了一遍。野兔远远地看到林间有一个火球,以为是什么可以吃的东西,撒开著名的飞毛腿可劲儿追赶,结果累得大汗淋漓也没有追上。太阳似乎有意捉弄这只傻乎乎的兔子,故意制造出种种错觉——它一会儿忽高忽低,在枝杈间跳跃,一眨眼跑到山顶上去了;一会儿又在兔子眼前晃动,近在咫尺,触手可及,但当野兔觉得就要一口咬到这个烫嘴的猎物时,天空却突然乌云密布,一场阵雨砸了下来,太阳躲到乌云背后吃吃地笑。

到了夜晚,最会跑的自然是月亮,跑累了就歇息半个多月,任谁召唤也不出窝。在白山,人人都知道月亮聪明又机智,一百只狡猾的狐狸也耍弄不了一个月亮。狐狸冥思苦想,想出一千条计谋,但那点小算计会被月亮一眼看穿,所有的算计在月亮面前都是白扯。因此,人们给它取了个绰号叫"贼月亮"。只是白山人质朴实在,叫着叫着,就把月亮唤作"贼亮"了。白山人的勤劳是没的说的,他们早出晚归,无论在山中砍柴伐木,还是采集药草,当满山黑咕隆咚走夜路时,便格外需要"贼亮"出来照应一下,才不至于一脚踏空。这个不是说着玩儿的事情,几年前在白山,有城里玩跑车的纨绔子弟逞能炫富,愣是把车开到了山林禁地,一路狂奔,接连碾死了几只动物,野獾啦,野猫啦,等等。这时候,原本在山顶上小憩的一轮大月亮看不惯了,一下子将身子隐到云层里,这辆野蛮跑车超速飞奔,在拐弯处眼前一黑,车子就滚落到峡谷中了。好在月亮的心是柔软的,让一株老树在中途拦住了车子,漂亮昂贵的跑车被卡在了半山腰,受了伤的司机满脸是血,好歹捡回了一条小命,挨了一个重重的教训。

在白山,人类没有任何秘密可言,除了敬畏与呵护,你不能做出半点越矩之事。如果因为一念之差做了坏事,报应很快就来。在白山,虎有虎的规矩,狼有狼的规矩,甚至连一只爬行在草丛里的天牛虫,也都有自己的规矩。关于这一点,不但尽人皆知,整个山中的动物与植物都了如指掌。

规矩即天道定律,甚至就连人与动物都具备的奔跑本领,也是有规矩有讲究的,大致分类如下:太阳和月亮是万物之神,它们想跑多远就跑多远,速度自行掌握,人类与其他动物不得干涉;东北虎力气大,但不能跑得太快,否则林中的弱小动物都让它们吃光了;松鼠和野兔可以有限度地快跑,想吃它们的天敌实在太多了；山鸡和鸟类不可类比，它们虽然都有翅膀，但飞翔能力很差，于是神灵让山鸡多了一项本领：食量很小，安于守静，无形中避开了天敌的进攻；狍子是最不受上天待见的动物，它们智力低幼，身体肥硕，奔跑能力颠三倒四，总是跑一圈又折回来，恰巧落入追赶者的血盆大口。没办法，这是上天的安排。但对于人类来说，狍子肉并不太好吃，吃起来不是很香，土腥味也比较重，因此你几乎在城里看不到专门开设的"狍子肉馆"，夏天簇拥街头的撸串大军中，除了牛羊肉、五花猪肉、鸡心鸡架、海鲜生蚝——人类把能吃的活物都拿来撸了个遍，却依然没有发现烧烤炉上有傻狍子的一根毫毛，傻狍子幸运地躲过了惨遭被撸的命运。由此可见，这是上天有意给世上的傻瓜留一条生路。

写到这里，我还要叙述一个在白山自古存在的个案，那就是有一种半是生物半是植物的精灵古怪——对了，这就是人参。人参，顾名思义，它是人的一部分组成吗？我一直认为，人参是一种跨界的生物，单单从外形上看，它的确像一个小小的婴儿：它拥有人类的身子，比例适当的腿、胳膊、手掌、毛发，甚至肚脐眼，甚至生殖器，人们讨好地称之为"人参娃娃"，这称呼人参不一定买账。

《神农本草经》是现存最早的中药学专著，记载着中国四千年前就已经形成的人参药用的精髓："人参，味甘微寒，主补五脏，安精神，定魂魄，止惊悸，除邪气，明目，开心益智。久服，轻身延年。一名人衔,一名鬼盖。生山谷。"

令人倍感神秘的是,人参居然拥有一颗和人类相似的头颅,尽管小了一点儿,但也足以让人类细思极恐的了。这是因为,有了脑袋的植物,还叫植物吗?至少是不纯了。植物一旦长了一颗脑袋,意味着它具备了思考的能力——它能够识别善恶美丑、知晓真假悲喜,可能目光比人类看人类更加犀利和准确。我相信人参一定拥有这项上天赋予的高超绝技——把人类看到心脏里去,看到血管里去,不给丝毫诡辩的机会。

而且,作为一种植物,它会跑,像大自然中的"土行孙",遇到贪婪或者居心叵测之徒,聪明的人参会眨眼之间溜掉,钻进土里,或者石缝之中,消失得无影无踪。基于人参会逃跑的缘故,经验丰富的采参人便学会了祈祷和默念咒语,用一根辟邪的红头绳将寻到的山参系牢,但据说这样的做法并非完全灵验。事实上是,真正修行到家的通灵山参有缩身本领,能够挣脱绳索,哧溜一声遁入深土,把一根成团儿的红绳子独留地面,让采参人呆愣半天,气得跺脚翻白眼。

那一年夏季,我曾经跟随一个老采参人一起到山林里寻找人参,一连三天都一无所获。

一路上,这个行为古怪的老头儿总是叮嘱我这也不能做,那也不能说,搞得我忐忑不安,不知如何是好,原本出于好奇的心理和寻宝乐趣一扫而光,剩下的是扫兴。

第二天早晨,我提议分头寻找,中午在河边帐篷里集合。其实,是我有意想躲开他——只见老头儿一声不吭,背起布褡子走远了。我先是在河滩上抽了支烟,思忖着下一步的行动方向。我拿定主意,决定顺河而行,拐弯进入一片更茂密的老林子里去寻找。据说这片老林罕有人迹,林中长满了高大的古松,许多古松已经生长百年,三个孩子的手牵在一起也搂不过来。我气喘吁吁地走了大约五华里路,阳光从枝忖间照射下来,眼前兀现一片开阔的高地,耳畔是森林神秘的声音。后来走累了,便靠在一株大树下坐下小憩,好像还打了个盹,但当我无意间抬头朝近处一瞥,映入眼帘的竟然是一片红光,我定睛细看,天哪,不远处的灌木下生长着一株野山参!没错儿,首先是它奇特的花萼太特别,红色的花蕾老远就能看见,像是在小小的叶片上升起一朵爆开的礼花,神灵的气息洒向四周。我按捺住心脏的狂跳,蹑手蹑脚地走近这株神秘的植物,经过一番仔细观察研究,确定这是一株真正的野山参,如果没有猜错,它的年龄应该比我还大。冷静下来,我依照当地采参人的风俗进行采参:祭拜过后,用一根红绳子牢牢地拴住了它的身体,还用手机拍了照,在离它最近的一棵树上刻了标记。但我实在缺乏采参经验,手中的铲子不听使唤,山参的根部似乎被设置了保护措施,真担心从地上会射出利箭。情急之下,我给老采参人拨打手机请求帮助,一连拨打了十几次都无人接听,急得我出了一脑门热汗。后来,我干脆扯开嗓子大声喊叫:"喂——喂——喂——"声音在森林里久久回荡,惊起一阵莫名其妙的骚动,害怕招来虎狼,吓得我只好收声。无奈之下,我回到河畔,直到正午才见到老头儿慢悠悠地出现。结果不出所料,当我们返回采参现场,看到的只是地上一团蜷缩的红线绳儿。

老头儿面无表情,嘟哝道:"溜了……"整整一个下午,我们蹲守在采参现场原地未动,暗暗期盼这株野山参再次出现,被我们活捉,但这只是徒劳。

夜晚,我们回到河畔,坐在临时搭建的帐篷里吸烟,我陪老人默默地喝掉了一瓶东北老烧,还啃了两只卤猪蹄。老采参人牙口不怎么好,只是就着一碟盐水煮花生喝酒。他的酒量真大,似乎不动声色地抿了一口酒,其实杯底已空。

三天来,他都一直沉默,喝了一斤烧酒后,终于打开了话匣,我这才发觉他原来有点轻微的结巴。

他说:"老子挖了大半辈子野山参了,可采到的都是参王的弃儿!真正上好的野山参不是给人类享用的,这辈子你也挖不到一棵——嗯嗯,我说这话你别不信,如果你能顺顺当当地采到一棵百年老参,我就、就立马脱了裤子……"他长叹一声。

幸好,我的手机相册里还保存着那株野山参的照片,它成了实物存在的唯一佐证。事后,每当我看到这张照片,就忍不住发出疑问:"可它究竟溜到了哪儿?"

如今回忆起来,在白山,围绕着人参演绎的神秘传说可真多。它们成了人们在冬天大雪纷飞之时,一家人围坐炕头、嗑着葵花子打发漫漫长夜的最佳方式——那一刻,火炕下的松木劈柴烧成了灰烬,炉子上的水壶咕嘟咕嘟地烧开了,屋内弥漫着好闻的烟味,而窗户外面的森林正在承受一场暴风雪的降落。

有人说,天下所有的故事都有上百种讲法,即便同一个故事在不同的版本中也变形走样甚至大相径庭。但在关于人参的故事中,却统一着一个共同的版本,里面都有一个会跑的人参。

采浆果的人

出门前,妻子叮嘱他带上雨伞,可他看着天上有很好的太阳光线,抬眼即是白云下美丽的阿尔山,牧羊人一如既往地在山坡上游荡,吹着口哨。他对妻子说:"天晴得这么好,我不带雨伞了。"

他背上那条挂在门后的粗布口袋,装在一只大大的竹篮子里。吹着同样的口哨上路,去在虚幻中追赶夏季采浆果的队伍。采浆果是个很麻烦的事情,要穿越好多丛林与灌木,野生的浆果也越来越少,有时采上好几天,也没有把篮子装满。尤其是近几年来,人工养殖的浆果已经大量出现,在市面上被当作野生的浆果高价出售,这样,可苦了他们这些采浆果的人。记得是三年前吧,他好容易采了满满一篮子亮晶晶的浆果,或许是因为兴奋过度,竟然在过一座独木桥时一脚踩空,连人带篮子像一片树叶一样飘进了水里。好在山涧的溪水不深,刚好没到脚踝,他喝了两口水之后探出头来,第一件事是急忙抢救篮子里的果实，可它已经顺水漂远了，像一颗颗闪亮的小星星那样，在水里一朵朵地熄灭了。爬上河岸，他内心的沮丧可想而知，面对着四周沉默的风景，他像动物一样茫然而不知所措，手不停地发抖。他不知道当他两手空空回到家中，怎么向妻子交代。妻子对他太好了，一想到她在黄昏倚着木屋子的门框眼睛一眨不眨地等他归来的情景，他就心里一阵酸楚。他妻子也知道，采浆果的队伍是个混乱不堪的队伍，连斜眼队长都是个出了名的嫖客，哪怕赚到十几元钱，也会把它扔到矿区那些雪白肥胖的女人身上。不但如此，斜眼队长还用煽动性的语言号召采浆果的弟兄们向他看齐，向他学习。但他和斜眼队长的身份是不一样的，尽管他承认，他比斜眼队长和其他许多人都要愚钝。

他的愚钝是出了名的，举个例子来说吧。有一次，他在阿尔山的森林里转悠半天，在他到一棵树后撒尿时惊喜地发现了一大片浆果，但他当时有点劳累，下午的阳光透过林间枝叶洒落到他的脸上，他忍不住打了个大大的哈欠，他的肚子也跟着一阵咕咕乱叫，他就想反正浆果地已经被发现了，就像课本上的哥伦布，大陆已经被发现了，它还会自己跑掉吗？他就提上裤子很高兴地回到宿营地，看到同伴们正架着篝火烤野山鸡和土豆，他们纷纷招呼他坐下来一道吃午饭。他带的干粮很硬，就跑到篝火旁去烤，烤热了干粮，他一屁股坐在斜眼队长跟前大口地吃起来。斜眼队长正在吃一听午餐肉罐头，一边喝着啤酒。队长把喝剩下的半瓶啤酒塞给他：嗯，喝两口。他急忙推辞说，他从不会喝酒,什么酒也不喝。一喝点酒他就浑身过敏,起满了红红的粉刺疙瘩。队长笑着踢了他一脚,说:"你狗日的真没出息,你就会鸡巴采浆果!"一听说浆果他就忍不住了,悄悄地伏在斜眼队长耳畔向他透露了他的秘密。斜眼队长只是点头,什么也没表示。吃完了饭,斜眼队长发布号召说:大家睡个午觉,谁不睡他砍死谁!然后自己率先把布单子朝草地上一抖,很快像一只死狗那样打起了呼噜,十分逼真。那一觉他也睡得很香甜,好像还做了一个梦,梦见他采的浆果用篮子都装不下了,只好破天荒地用起了那条粗布口袋来解决。他那个满心的欢喜啊,可能笑得口水都流了出来。后来,大概是一只蚂蚁爬到了他的眼睛上,把他弄醒了,他睁眼一看才发现浆果队员们已经全部走光,黑黝黝的林子里独独剩下了他自己。天似乎也阴下来,周围的光线变得很幽暗。他就大声叫着:"队长!队长!"深一脚浅一脚地在林子里走动,脚下像被无数葛藤缠着似的,走起路来相当费力。他低头一看,果然看到自己的双脚被人捆绑住了,妈的,这是谁干的啊?从口袋里掏出刀子,他好不容易挣脱了羁绊,发疯似的跑向浆果地,结果你肯定猜到了:那儿一粒浆果也没有了,当然,与浆果一同消失的是整个聪明无比的浆果队。

这件事让他明白了一个道理:对于哪怕有一点点好处的事情,也不要认为世上的人都满不在乎——当你满不在乎的时候,那里已经挤满了人。

现在,有一些精明的家伙,看到行情不妙,便放弃了浆果生意,转而去森林里采摘黑木耳了。而且,黑木耳的价钱不但比浆果高许多,还不容易在炎热的太阳下坏掉。而他永远是个木头一样愚呆的人,怎么也学不会他们的精明。他妻子知道这件事以后,并没有特别地埋怨他,只是心疼地给他打满了一盆热水让他烫脚,并让他以后离开浆果队,或者干脆不去采浆果了,在木屋子前圈块地,养殖奶牛吧!他们依靠诚实的双手,无论怎样,从牛身体里挤出的奶不会变成假的。听了妻子的话,他也一度动了心思,整整一夜没合上眼。天亮了,窗外下了一夜小雨,他的脑袋像灌了浆果的液汁一样黏稠。他怎么也扭不过弯儿来啊,心里郁闷了很长一段时间。后来,他终于明白了一个铁的事实:他是太爱采浆果这种简单又迷人的劳作了,他这辈子都离不开红红的野生浆果。让一个真正热爱浆果的人去养奶牛,你这不是成心要他的命吗?总之,他今生注定不会再做其他的营生,他是为一粒小小浆果而生的傻瓜。尽管,在采摘浆果的路上,他受尽了来自人间的屈辱和嘲弄,但只要一看到野地里那一片片玲珑剔透的果实,他就顿时变成了世界上最幸福的采摘者。

时隔不久,浆果队终于无声无息地解散了,听到这个消息后,他怏怏不快了好几天。不管怎样,这意味着采浆果的行业彻底衰败了,往日热闹的光景不复存在。争抢和算计成为过去,一切都是一场空空的虚妄,想来真是可笑。唯有采摘浆果的记忆在心底小溪一样流淌,在他卑微的身体里闪闪发光。

就这样,像这个故事的开头,他成了阿尔山最后一个采浆果的人。

眼下的九月是金色的,风吹动着阿尔山人丰收的篮子和喜悦的脸庞。但谁都不会注意到,在阿尔山脚下金色的道路上,有一个人的背影孤苦伶仃,他显得如此瘦削,目光流露迷茫和忧伤,头发也像荒草一样蓬乱。

运草车

黄昏的节奏徐徐降临,若晚祷的钟声溅起袅袅余音,那一对劳作了一天的中年夫妇,放下了挖掘土豆的农具。深秋的原野,运草车的轮子在果穗间滚动。

长天之下,若有若无的音节自下而上,始终散发出一股轻盈的气流,在大地的鼻间萦绕。这时候,道路上黑压压的赶路人:背着柴草的老妇,忧心如焚的猎手,树林间恋爱的少男少女……他们正行走在大片荒芜之上,耳畔滚动着秋虫此起彼伏的叫声,这是时光和日子上紧了催促的发条。

这是九月的秋天,我的滚动着果球和雨滴的阿尔山。哈拉哈河在季节的深处,游鱼穿梭,随风发出阵阵明亮的低语。

原野上到处是缤纷的落英,草果被秋风摇落泥土,期待着来年开出一片结满花穗的火绒。

抬头一看,山巅的星星已经升起三颗了——三颗亮星在头顶热烈地照耀,照耀着我像哈拉哈河一样澎湃的心潮,那些远方的心灵与我遥相呼应,早已点燃一簇篝火,唱歌和舞蹈;高高的野岭仙雾氤氲,老鸹的翅膀被露水打湿。山脚下,松木和靰鞡草搭建的屋舍,谁家的灯光长明不灭,谁家的灶火整夜燃烧?月光凄凉,狗吠不止,如果稍加谛听,还会听到隐约的狼嗥自山谷和阿尔山森林向外传递。

而这辆行驶在草甸上的运草车,带着劳动的倔强和悲恸,火的元素,光的个性,铁的意志,正掠过道路两边的荒地,一两只饥饿的野兔仓皇择路逃往黑夜……哦,陌生的奇景一个个映入眼帘:洼地里雪白的芦花随风倒伏,路两边黑乎乎的树影和瘦长枝干向上伸展;伫立在北方田野上的孤松,下面是一口井或者一座荒坟。秋雨过后,磷火飘飞,白骨暴露于野,成群的高粱棵沙沙作响,像一支列兵的队伍,形成完美的布阵。而我的心,却箭一般穿越这个寒气逼人的秋天,如约而至,仅仅为了要闻一闻运草车上满载的芳香。

人们甚至永远发现不了,大地上最后一辆运草车,体内燃烧着比篝火更伟大的能量,它们是青草的芳香、松果的芳香和土豆的芳香。

"黑夜,有人踏入了荒原。"

每当我读到这样的诗句,多年前夜行的经历便会栩栩如生地浮现,令人难以忘怀。我记得自己在十六七岁的年纪,终日无所事事,躲在某一部诗集里忧伤和做梦。我甚至怀疑自己患上了轻度抑郁症,白天沉默寡言,深夜到荒野上游走。迎着大风,内心呜里哇啦地唱歌,脑海里幻化着许多可怕的景物,这些景物在艳光高照的白天不易出现:横卧在路中央的冰冷的蛇,从池塘蹿跳而出的蟾蜍,蜇人的蚂蝗虫,以及在原野上游荡的披头散发的疯子,持刀打劫的蒙面人,传说中潜伏在暗处窥望行人的幽魂……

哦,尖锐而不可预知、残忍暴烈的九月,那在九月里热血沸腾的阿尔山!我就这样狂热地走进了你——你的妖娆,你的自由,你的丰富,你的危险。

有一次,天空落下了厚厚的雪,我穿越铁路线,在经过一个水泥管子时听到一阵奇怪的窸窣,然后是均匀的鼾息声像一缕白雾一样冒出来。我愣了许久才知道那里面住着一个无家可归的人,流浪汉或者孤儿,或者那些在大地上迷失方向的人们。大雪铺天盖地,呜呜叫的火车隆隆驶过,火车载着一个金光闪闪的时代。我看到一个孩子从窗口丢下一只枯萎的花篮。

而眼下,阿尔山外大草甸子上的运草车,多像一床吸足了阳光气味的棉被,让我在秋天绝望的浪尖上舞蹈和寻欢。

暮色里,蟋蟀的叫声从幽暗的沟渠中升起,运草车的轮子在果穗间滚滚向前。

狩猎队的营地

微风吹着狩猎队位于湖畔的闪闪发光的露营地,像某一篇童话世界里描述的动物庄园。水声四起,烟岚飘散,鸟声啁啾,一股好闻的草香夹杂着肉香味在空气中弥漫。远远看上去,夏天的森林真是太美了。

十几幢木头房子散落在湖边空地上,由随手锯断的松木或岳桦木搭建而成,大小不一,远远看上去,像一朵朵大白蘑菇。其实,有些房子一点也不结实,来一场大风就会吹塌,为保险起见,猎人们用绳索把木屋子连接到了树桩上。遇到晴天,绳索上就会被床单、被褥和衣物占满。

一大早,妈妈带着树叶眼去找爸爸猎户长,这差不多是每个月要有的一次团聚,妈妈会按照猎户长托人捎来的口信,带上森林里所需要的物品,衣帽、袜子、钳子、剪刀、油盐罐、针线包、紫药水、散装烧酒。他们搭一辆厂部拉木柴的马车,穿越阔大的森林,周围遍地野花,溪水哗哗作响。路边的丛林里,聚集着各种鸟类,它们的名字都奇特极了,什么苍鹭、黑鹤、绿头鸭、鸳鸯、黑水鸡、白鹩鸪、灰鹩鸪、大杜鹃、四声杜鹃、戴胜、北红尾鸲等等,乍一听让人发蒙,根本记不住。

两年前,狩猎队的住房紧张,妈妈和树叶眼来了,一家人要挤在木头房子里一起住,感觉差极了,房子空间太小,室内潮湿而压抑,一股动物的兽皮气味直冲鼻腔,相当难闻。整个晚上,树叶眼被挤在一个狭窄的军用床上,半夜从床上掉下来,摔断了左胳膊,骨关节脱臼,幸亏被狩猎队有经验的老采山人给及时接上,否则麻烦很大。树叶眼的疼痛持续了好几天,还落下了病根儿,一到阴雨天骨头内部就不舒服。每逢雨天,树叶眼就哭着找妈妈,妈妈就用祖上传下来的老办法给他的骨头加温:在碗里倒入酒精,用毛巾热敷,起到缓解的作用。事后,树叶眼回忆,妈妈给他揉搓热敷疗伤的过程,是他今生最幸福温暖的时刻。他放松地仰卧在炕席上,鼻孔里闻着阵阵舌枕草的清香,陷入恍惚状态,眼前的事物都在意识中放大,而窗外雨声淅淅沥沥,增强了整个童年的梦幻效果。

后来,条件渐好,场部针对此种情况,设置了专门的度假家属房,树叶眼就被安排和哥哥米来住在一起。米来总是拉长着脸,性格内向,不怎么爱笑,并且很难说一句完整的话,一副少年老成模样,这让树叶眼感到压抑。他隐隐地觉得,米来的长相和表现与实际年龄不符,但又不明白为什么会这样。后来,他隐隐约约地听到一些议论,比较集中的焦点是:

"米来和树叶不是一个妈妈生的,他们是同父异母的孩子。"

树叶眼不明白其中的事情,那应该是一个长长的故事吧?发生在他出生之前。在大森林里,这样的家庭结构并不稀奇,无论同父异母,还是同母异父,相处好了就是和睦的一家人。有好几次,他试图从妈妈嘴里了解一些情况,却都话到嘴边又咽了回去——依照他现在的年龄,他害怕自己承受不了其中掺杂的残酷内容。

不过,他只是希望妈妈能够待米来好一点儿,再好一点儿,他永远也不会在心里吃醋泛酸。

妈妈住在另一幢木屋,两幢木房子是紧挨着的,这让人心里踏实些。不过,因为头一次离开妈妈的怀抱,他在半夜打了个激灵,惊醒了两次,头一次意识不清,吧唧了几下嘴,又转身昏睡过去。第二次醒来天快亮了,他在夜色中睁大了眼睛,隐隐听到森林里的阵阵风声,还有猫头鹰的怪叫。各种鸟类在深夜凄厉的叫声,让他的身上起了一层鸡皮疙瘩。

到了早晨,森林里弥漫着炊烟的气息,妈妈在森林的空地上做好了饭,会过来当当地敲门,叫他们起床吃饭。狩猎队的伙食不错,树叶眼在那里吃到了雪白油亮的五常大米饭、蘑菇炖小鸡、余白肉炖粉条、鲜嫩的蕨菜,还有在林间酿制的桦树茸汁,马贩子从内蒙古边境小镇倒卖来的格瓦斯酒。若是在家里,这些食物只有逢年过节时才能敞开肚皮吃。妈妈笑吟吟地问:

"怎么样啊孩子们,昨晚睡得香不香呀?"

黑瘦的米来低头吃饭,一声不吭。树叶眼吸了吸鼻子,大声说:"不香!一点也不香。"

妈妈瞪大眼睛,故作吃惊:"哟,小乖乖,怎么不香哇?"

树叶眼翻了翻白眼,嘟哝道:"只要来这里,我、我就总做噩梦……"

"咦!梦见了什么呢?小孩子的毛病还不少……"

"梦见黑瞎子进了屋子里,呼哧呼哧地喘着粗气……把我吓醒了。"

妈妈收敛了笑容:"那是你白天看到了黑瞎子皮。"

树叶眼拧紧了眉头:"没有呀!"

"怎么没有?日有所思,夜有所梦。你分明看到了,记在了脑子里……你好好想想。"

树叶眼眨巴着眼睛,认真地想了想,恍惚中脑海里出现了一张黑熊皮的形象,忽然想起那是昨天中午,他到屋后的茅厕里拉屎,阳光透过栅栏照射进来,他抬头看见一张黑熊皮搭在厕所里的木棍子上。林间的茅厕是用木头随意搭建的,也没条件分男厕女厕,猎人们不太讲究,尤其在酒后,醉醺醺地憋着一泡尿,脚底像踩棉花,时常没有耐心走进厕所,身子一弯腿一伸,就在外面的草丛里解决了。时间久了,厕所附近散发一股尿臊气味,周围的草倒是长得茂盛,大约是被众人的尿液和粪便催肥的。

在狩猎队,人人身上有一大堆故事,他们是浪荡汉、烟鬼、酒鬼、话痨、歌手、琴师和阴阳师。据妈妈说,他们个个身怀绝技,从事过多种职业,赶过大车,贩过马匹,当过乞丐,做过木匠活,在雪窝里受过冻,在草原上迷过路,在森林里遭到过狼的攻击。有人身手好,爬树的本领和猴子一样敏捷;有的人眼力好,看得见草叶上的蚊子交配;有的人是顺风耳,能听到草丛里蜥蜴爬行的声音。这些阅历丰富的人哪,绕来绕去,最终,却无一例外地迷上了打猎。

树叶眼清晰地记得,猎户长曾经对妈妈说过的一句话:"只要用猎枪打死过一个猎物,就会着迷上瘾,不能自拔。"

在那个年月,打猎在白山周边算最体面的职业了,猎物能给他们换来富足的生活,大米、白面和香喷喷的鹿肉。

林地奇闻

学鸟叫的人

森林里有个踏着露水学鸟叫的人,他的行踪神出鬼没,没有人能轻易找到他。当然,他偶尔也会回到乌乡的家,在镇口街上露个面就又消失了。一旦他在大清早出了门,连他的家人也无法与他取得联系,更不知道他的归期,以及他究竟去了哪里,如何一日三餐地过活度日,能吃得饱吗?能穿得暖吗?一个人在幽暗阴凉的山中里能睡好觉吗?遇到野兽的袭击怎么办?直到有一天他突然回来了,家人也就才知道他还活着,好在他的变化并不大,单是胡须和头发长了些。

人们问起他的去向,他只是含含糊糊地说他"在林子里"。白山一带的林子里啥都有,足够一个人活下来,饿了有各种野果,渴了有清澈的山溪,累了就地一躺,在草叶织就的床上休憩。当然,晚上的住宿问题也是好解决的,林子里有许多养蜂人留下的小茅屋,木门是虚掩着的,推门进去就是自己的家,现成的锅碗瓢盆,现成的柴草随便用,如果人问世界上还有没有一份免费的晚餐,答案是有,这里就是。

有关他的事情,我是从路边一个割艾蒿的老太太嘴里知道的,当时我正在散步,恰巧走到了她的木车前,我被一阵嘹亮的鸟声惊呆了,愣在地上不动,聪明的老太太似乎立马看出了我的心思,笑眯眯地说:"假的!是有人在学鸟叫。"这件事前所未闻,我对之产生了莫大的好奇。当时,我很想追逐到森林中去,找到那个学鸟叫的人去问个究竟,但远远的鸟叫声告诉我,他已经到林子深处去了,我的脑海里幻化出一个猴子样灵敏轻巧的人影,像一切传说中的描述:表情沉默,半人半仙,不轻易吐露自己的心思,让人怀疑他的来历,怀疑他的前生是不是一只鹰。

我来到他所在的屯子,小心翼翼地打探他的消息,那些在村街上闲坐的老人对他总是讳莫如深,明摆着不愿意多谈。这让我颇费猜测,以为其中大有文章,是个在当地像谜一样的人物。后来,终于有一个养鸡老汉向我透露了谜底:原来在他们村有个老辈人留下的传统,除了捕鱼、种地以外,从事其他行当的人皆为"不正干",被村人诟病,打入另册,羞于提及。

从养鸡老汉口中得知,他叫马汉。

"马汉这个人,天生的不正干,放着好好的地不种,秋天满湖里的鱼不捞,整天就知道钻树林子,像个没家业的游魂。"养鸡老汉吸一口我递给他的长白山牌香烟,慢悠悠地说。"这不,去年全屯的人都翻盖了新楼房,有的是两层楼,有的是三层楼,最不济也是一个瓦房小院,就剩下他家还住着破旧的老屋!他老婆带着一个闺女,老屋里还有一个八十岁的老娘——啧!"

我从中听出鄙夷的味道,尽管暗自劝告自己凡事不能全听全信,但仍然对马汉的做派有了点看法:一个人活着,是要负一些责任的,不能把世间的烦恼和操劳一股脑地省略掉。我主张人在完成基本义务的前提下,再充分扩展享受个性自由。否则,你的自由享用起来会于心不安。

"哎,你是说马汉呀……俺看着他从小长大的哩!这人血机灵,脑瓜转得快,学啥像啥,他会做木工活,还会编草筐,别人家盖房子,他不用尺子,拿眼丈量一下就知道要多少砖多少石头块儿……可惜了的,他从小不爱劳动,做啥都没长性,做到一半就丢了。"这是在村口,我听到的另一种说法,出自一个左眼长白内障的老婆婆之口。通过人们对马汉的评价,让我确认一条真理:无论多么小的角落,其实最难统一的就是人的看法了。当然,用强制手段成功"统一"的除外。

连续几天,我在这个屯子里逗留,去了几户人家,还在村长老向家住了一晚。多年未在乡下农舍居住过了,望着窗棂上的月光,屋檐下的阴影,耳畔响着露水滴落石槽之声,鼻孔间游动着从棉被里散发出来的怀旧气息,竟然一夜未眠,不着边际的往事在脑海历历浮现。

村长老向告诉我说,屯里的青壮年纷纷去往城里务工,眼瞅着屯里的留守老人越来越多,屯子周围的大好风景没人欣赏,新盖的楼房没人享用。"再过几年,屯子要荒了,完蛋了。唉!"老向叹息一声,吐了口唾液在手里,搓肩膀上的灰。

有一点我不甚明白,遂向老向讨教:"捕鱼也是很赚钱的活路嘛,为什么人们都往城里打工?"

老向摆摆手:"捕鱼有很大的危险性,每年都有人把命搭上了。不过,话说回来,那些到城里打工的人,干的也是危险性很强的建筑活、化工活,哪一年不往家抬回几具尸体?"老向说着,拧紧了眉毛。

"人生真他妈不容易,为了生计,人人都无处遁身。"听了村长的讲述,我暗自思忖,心生悲凉。"不过,也还是有另类的嘛,比如马汉……"我说。老向听了,一拍肩膀:"他呀,不正干!"

"听说他学鸟叫很地道嘛。"我想为马汉辩解一下,因为我对世界上的另类人物感兴趣,一想到在网络时代,满世界的人像符号、思维形态和审美趣味如出一辙,就觉得这是人类末日前的退化。老向听了我的意见,哈哈大笑起来,笑完了把脸一沉:"学鸟叫,学鸟叫能当饭吃?"

还是那句老掉牙的活命哲学。老天,咱还能有点别的理由吗?我知道在今天,满街的人都在想着怎么当老板赚大钱,有了钱后再买车、住别墅,讨美女欢心,人们的全部希望至此为止,再然后呢？没有了，想不出新招数了，于是在白山一带，有许多人实现了这个目标后没了方向，精神坠入空虚，终于沾了抑郁。有的人吃喝嫖赌地胡折腾了一阵子，事后觉得无聊透顶，就干脆找了个寂寞清静的夜晚从楼上的阳台把自己很响亮地扔了下去。

说真的，从出生到现在，我见过许多行为怪异的人，比如有人说话时爱眨巴眼睛，吃饭时从嘴里发出吧唧声，有人原本坐在那里好好的，却用舌头没完没了地舔嘴唇、吮手指，等等。但我还没见过一个人放下营生和日子，到森林里去学鸟叫，并把此当成一件大事。

不过，批评过后，村长老向还是对马汉的聪明才智表达了比较客观的评价，说他为了学鸟叫，可谓废寝忘食，通宵达旦，刻苦钻研各种鸟类的发音和生活习性，很快掌握了各种鸟叫要领。他整天泡在森林里，观察画眉鸟与灰椋鸟的异同，他发现啄木鸟的叫声很特别，瓮声瓮气，"嘎咕嘎咕"的，听上去很简单，模仿起来却极难，做不到天衣无缝。于是，他用录音机录下了啄木鸟的叫声，一遍遍地练习，却难以做到像其他鸟叫那样逼真，最难的是啄木鸟最后那个类似于"喳"的声音拐不了弯，问题出在元音上。他烦恼至极，接连几个晚上失眠。后来，他背着一只黄布包，坐车来到岛城，找到一所大学的野生鸟类研究所，向鸟类专家讨教了许多问题，回来后绘制了啄木鸟从舌尖到咽喉的结构图,仔细研究,终于找到症结:原来,是他喉咙深处的声带膜稍厚,不那么灵巧,声波在硬腭上的集中反射点生硬,有些细微的鸟音自然发不到位;他很快查出,这是由于长期饮食当地的水土造成的,也就是说,随便拉一个白山人,发音区的结构都是如此,这也就形成了方言的许多相似点,一个偌大的方言气场,在刚来乌乡的外地人听来,一群人在露天广场上说话,感觉像出自一人之口。当然,居住时间久了,就会区分开了。事实是,能区别出世界的微小差别的人,才称得上九段高手。

为了能够准确地掌握啄木鸟的叫声技能,他做出了一个让全屯人非议的决定:到白山医院做了个小手术,削薄了声带膜的厚度,先前方言构成的障碍消失了,现在他拥有一口流利的啄木鸟语——喳,喳喳!喳喳喳!简直口吐珠玉,气息如兰,浑然天成,真假莫辨。

"马憨子为学鸟叫改窄了'音道'!"消息在第二天传遍全屯,立即引起轰动效应,给寂寞的乌乡带来一阵骚动,人们嘻嘻哈哈,口吻里充满了嘲弄,还故意把声道说成"音道",把马汉叫成"马憨子",将其纯属个人的行为大肆污辱和妖魔化。据说传播消息的人,表情夸张,用词狠辣,说完主题后往地上恶狠狠地吐了一口痰液。在屯里人眼中,开刀手术是件人命关天的大事情,长了癌症的做手术那是没办法,长阑尾炎的做手术是因为忍不住疼,结扎人流的那是为国家做奉献,但你马汉是为了什么？祖祖辈辈，出海打鱼，抢别人的犯法，偷别人的丢脸，懒死饿死都算不了什么，千百年来，却从未有人因为鸟事挨上一刀。

马汉出院后，戴着医院配发的口罩，斜躺着身子在堂屋的沙发上看电视，喉咙里隐隐的刺痛不时袭击着他，像一把薄薄刀片刮他深喉处的嫩肉，搞得他心头泛起阵阵烦闷，眼角里渗出泪水。他老婆在门外，嘴噘得老高，能拴头驴，屁股坐在吱呀乱晃的马扎上洗衣服，洗衣粉放多了，白色的泡沫溢到了木盆外，她使劲地搓着搓衣板上的衣物，额头汗水直淌，滴到了鼻尖上她也全然不顾，手下在凶狠地用力，吭吭哧哧，似乎是在用这种方式，发泄对丈夫的不满。

恰恰这时，院子里出现了一阵脚步纷乱的杂沓声，马汉一惊，马上知道是来看热闹的人上门了，这是乌乡人的风俗习惯。人们前呼后拥，很快就像麻雀一样站满了院子，多是屯子里闲得五脊六兽的女人，有的还抱着孩子，孩子的小脸很脏，嘴里啃着老玉米，鼻涕兮兮的。马汉发现，跟进院子来的还有两条狗，一黑一黄，伸着长舌头满院子跑，身上散发一股尿腥味。这些人朝堂屋慢慢靠近，也不说话，很整齐地站了一排，形成了一个围观阵势，把原本投射到屋子里的一块阳光遮挡住了。马汉心里正窝火，见此情景，气不打一处来，忽地从沙发上跳起来，顺手抄起门后的一把大长笤帚，破口大骂了一声"×你娘！"，然后将手里的笤帚乱舞起来，吓得女人们怀中的婴儿骤然大哭。见人群作鸟兽散，马汉气呼呼地把笤帚随地一扔，弯腰把老婆的洗衣盆端在手里,紧追几步,把半盆脏水泼向人群。只听得哎哟声起,许多人被泼得全身精湿,带着泡沫的脏水溅了一脸。

当日傍晚,女人和马汉吵了一架,马汉一气之下就出了家门。他先是围着屯子转了一遭,企图嗅到些熟悉到骨髓里的气味儿:干草、家畜和旧棉絮合成的气味。然而眼前,旧村正在改造,到处是残垣断壁,一片破败气象。他来到一株老柳树旁边,当年那里经常聚满了人,夏夜里听老人讲古,听说书人唱《武松传》,耳畔有起伏的蛙鸣陪伴。如今这一切都不存在了,树上的古钟已经锈蚀斑斑,再也敲不出美妙的亮音,而老柳树本身也已于十年前死掉,扭曲的树干已经糟烂,因为无论做家具还是烧柴火,它连个下脚料的用场都排不上,也就没人花力气将它锯掉。在马汉眼里,老柳树就像是一具干尸,成了时光的标本,见证无奈的变迁。马汉在老柳树下呆愣半天,突然想起,树旁边还有一口老井的,就快步走过去,却找了很久也没找到,终于发现有一处凸出的熟土,才知道这口多年前维系着全屯子身家性命的老井早就被填平了,这让他不禁在心里泛起一阵伤感。再往东走,就大不一样了,远远地看到一片新居民区,高楼林立,绿化带整齐划一,各种花草在路边肆意生长着,已经开放了几个春秋。那里是新农村试验点,被一家房产公司承包开发了,村民购房是实行优惠政策的,一部分先富裕起来的村民欢天喜地地乔迁了新居,但像马汉这样的低收入户,却只能望洋兴叹,把脖子缩在萧瑟寒酸的老宅院里。

夕阳如血,在西天缓缓滚动,一圈走下来,马汉的心凉透了,绝望的汗水溻湿了脊梁骨上方的衬衣,忽然一个念头冒上心头:他决意离开这个令人失望的村屯,到森林里去寻找快活。说走就走,一个山民的行动不像官员那般复杂,不需要兴师动众的告别仪式,也不需要搬家公司和随从,马汉甚至连给老婆打个招呼的程序都省略掉了,在天黑时悄悄进家,卷起自己的铺盖就离开了屯子。

现在,松涛汹涌的森林里,马汉是当地唯一能听得出各种鸣禽细微区分的人:他能听出柳莺与绣眼鸟叫声的异同,知道黄鹂和毛脚燕叫声有哪些区别,以及画眉、灰喜鹊和乌鸦叫声的突出特征。

每天一大早,他在稻草堆上醒来,从干粮袋里掏出一块煎饼吃掉,到溪边喝口水,洗一把脸,有时把水往头发上撩两把,顿觉神清气爽,然后,他叉开双腿,站在溪岸边练习嗓子,调试音域,直至从嘴里发出清脆的鸟叫。他一叫,众鸟齐鸣,整个森林翻转身,就醒了过来,就动了起来。然后,他深一脚浅一脚地在林中穿行,一忽儿噘起嘴唇,一忽儿手舞足蹈,享受着帝王般的快乐。在那一刻,他觉得就这样度过一生,死也值了。

画家杜宣

我见马汉的想法来自一个偶然的契机——我有个画家朋

友叫杜宣,多年前去了京城做北漂艺术家,在宋庄租了个农家小院,多年来过着流浪艺人的生活。每次回乡,他都会约上我和几个朋友小聚,顺便借些钱带回京城应付日月,借去的钱从不见还,好在数目不多,也就千儿八百的,每次回来他都带上幅美人画,算是抵债了,大家知道他日子难过,也不便计较,只偶尔私下里奚落讥讽几句。

杜宣头发长长的,胡须也少有打理,瘦脸,三角眼,初见时会给人一种尖嘴猴腮的印象,但实际情况是他身体不错,胸肌相当发达,小时候曾跟一位民间高人研习八卦掌,他自称可以飞檐走壁,但我从未见识过。

令人惊讶的是,杜宣这次回乡,一改往日的寒碜形象,尽显衣锦还乡风采。其实,早听人说他时来运转,一夜暴富,由"屌丝族"摇身升级为"高富帅"。这一点我接听手机时就领教了,他给我打电话,一股难以抵挡的牛哄气扑面而来,这是以前没有过的。杜宣笑声怪异,一向打弯的舌头伸开了,他扯着嗓门喊,我却故意说听不清,让他小声点儿,说小声说话我才能听得真切。我以恶搞传递抵触情绪。

匆匆赶到酒店,杜宣已经坐在主宾的位置上向众友兜售成功术:"啧啧,加拿大一位老华侨,迷上咱的画了,一下子就订了五年的货!日他姥姥,每幅价格出到这个数——"杜宣向众人伸出一个巴掌,目光异彩大放,"五万美金哪!这么着……""嗬,这么多钱!"桌上有人惊讶喝彩。我在空位上坐下来,杜宣立即拍了两下巴掌以示开席,说:"来全了,上菜吧。"老友相见,倒也省略了客套,直奔主题,很快进入状态,杜宣透露他要在青羊山一带办个书画院,山庄模式,招募一些壮丁靓女过去,自己做快活的山大王,他说:妈的,前半生太累,是到了好好享受的时候了。

气氛空前热烈,大家很快半醉,杜宣云里雾里,一会儿说他其实是中彩票发财的,一忽儿又改口,说是十年前认了个年过七旬的老华侨做干爹,干爹去年不幸仙逝,给他留下亿元财产。杜宣的话一向真假难辨,朋友们早就习以为常。其实这些都不重要,重要的是他的确成了有钱人,自古笑贫不笑娼,英雄不问出处,今日杜宣已非昨日杜宣,这个基本事实已经一锤定音,无法撼动。

时隔不久,杜宣给我打电话,我一听当即愣怔:没想到他竟然打起了马汉的主意。杜宣说他的山庄已办起来,除了书画展览和书画交易,还有餐饮住宿等服务项目,因为是刚开业,顾客不多,想来点怪招,借马汉的鸟语特技为山庄扬名,招揽生意,让我帮忙来促成此事。我当即想骂娘,后悔那天不该在酒宴上把马汉的事当趣闻说给众人,更没想到素来不拘小节的杜宣,会把酒场上说的事默默记下,真个是说者无心,闻者有意。见我犹豫支吾,狡猾的杜宣哈哈大笑,故意激将:"怎么,这屁大点事儿,有难度吗?"我略显迟疑,说应该没大难度,嗯,我试试吧。

第二天,我开车来到乌乡,找到村长老向,把来意一说,老向一脸疑惑,起初不敢相信,白眼珠翻了几翻,说:"有这等好事？若给钱的话,马汉肯定干。"于是,老向换了件衣服,掸掸身上的灰,上了我的车子。

林子在湖边,离乌乡约十余里光景,黑飒飒地立在公路以东,遮挡住了风和雾气。据老向介绍,森林的原址是一片荒滩,上面长满了芦草和野生灌木,一遇台风,屯子里就有许多房屋和大树被吹倒,后来屯里人在荒滩上植树,每年都植,终于形成规模,成了这大片森林,实际起到了防风防雾的作用。"当然,这是多年前的事情了。"老向说,"谁想到如今,它成了马汉的乐园!"老向告诉我,马汉的高超口技,也得益于这片森林,他父亲死得早,家境贫穷,自幼在林子里放羊,一个人孤寂,就与鸟儿结缘了。老向说着,呵呵笑起来。我知道像马汉这样的"散养"村民,屯子里还有一些,多为被村人瞧不起的闲人、流浪汉,一生漂泊,一事无成,备受争议。但作为村长的老向,言辞间流露轻松,并不觉得哪里不正常,这让我心生悲凉。

"呵呵,"他操着一副局外人的口吻,"这年头谁有本事就使,没本事呢,就玩不转,优胜劣汰嘛!社会发展到如今的状况了,咱有啥法呀。"我冷冷地扫他一眼,没有接话茬。

仍是依照那位割艾蒿的老太太引导,车子开进林中一条灰白土路,森林里空气新鲜、清凉开阔,像个天然大氧吧。季节正值仲春,金鸡菊和萱草花在路边竞相开放,商陆果也结出了小小的花穗。我边开车边想,难怪马汉迷恋这个地方,真是个让人宠辱皆忘的去处。老向似乎对自然界的变化没有感觉,聚精会神地搜寻着马汉的住所,见到养蜂人留下的帐篷和散落的遗迹,就大叫:"马汉!马汉!"没有动静反馈,车子就继续前行,如此往复,直进入密林深处。忽然,老向把手指向一个地方:"嘿,狗日的,在那儿哩!"

我急忙停车,果然看见丛林深处的一片空地,有几片衣物晾晒在一根绳子上,旁边是一幢小砖瓦房。时值中午,屋顶的烟囱里冒出一缕炊烟,透着丝丝缕缕的无力感,估计是马汉正在烧午饭。我们下车,从后备车厢取出一袋五常大米,一桶鲁花牌花生油,还有一件军用雨衣,算是给马汉的见面礼。当踩着脚下的软草走近小屋,正巧马汉从屋里低头出来,身子精瘦,身上居然一丝不挂!见有人来,他一阵惊慌,定睛认出村长老向,马汉大窘,急忙转身回屋,穿上衣服,表情讪讪地叫了声:"村长……"老向毕竟老到,朝黑洞洞的小屋瞄了一眼,料定其中不会有好味道,便止住脚步。见屋子外还有个小石桌子,顺手把米和油放在屋墙根,嘴一努,说:"马汉呀,周作家来看看你,和你商量件事儿。"我们就坐在了石桌子上,马汉倒也算长眼色,回屋内提出个大铁壶,倒了两碗白开水。

大家都坐下来,稳住了心神。

马汉比我想象中要温和许多,脸膛黝黑,眼睛不大,厚嘴唇,不爱笑,牙齿有点黄,坐在石桌前并拢双腿,显得拘谨不安。结果,事情出乎意料地顺利,马汉听了我们的来意,没有丝毫惊讶,只是沉默片刻,然后点点头应承下来。

老向说:"只是学学鸟叫,每月开两三千块钱,还管吃管住,啊,你老娘的看病问题、孩子学费问题也解决了。这、这差事你马汉到哪里找去?"马汉搓搓手,也不说话。

老向要马汉为我们表演鸟技。马汉立刻来了精神,像是换了个人。他站起身,仰头闭眼,陷入迷醉状态,从嘴里吐出一串鸟声——啾啾——唧唧——啾啾啾!很快,整个森林似乎都在颤抖,微风吹动枝叶,飘来阵阵松香气息,一只红嘴鸟从天而降,在马汉头顶盘旋,最终落到他的肩膀上。令人惊讶的是,马汉将鸟抓在手里,用鸟语轻轻说了一句什么,那只红嘴鸟就飞到了石桌上,朝我和老向鸣叫示好:鸟通人性啊。周围响起一片鸟叫声。

青羊山庄

在去青羊山庄之前,老向给马汉规划了一幅宏伟蓝图:先出名,赚一笔钱,回村里买一幢楼房,把老娘和老婆安置好,然后再开上辆小轿车。"啧啧,瞧多么风光!到那时啊,你看看村里还有谁敢瞧不起你?"说到这里,老向的额头上冒出了汗。老向的真诚态度瞬间感染了我,让我对其顿生几分好感。尽管老向的设计难逃千篇一律的世俗模式。

在马汉家里,他老婆听说马汉有了出路,脸上愁云顿消,笑容展露,忙活着给我和老向端水倒茶,还去村头小卖部买了包烟。马汉换上一身新衣,刮了胡须,收拾一下,倒也显出几分低调的英俊气。这让我觉得:精神状态很重要。我对马汉说:"马汉,你要开始新生活了,庆贺一下吧。"马汉问:"咋庆贺?"我说:"放挂鞭吧,弄点动静,图个吉利。"马汉点头应允,不一会儿就从老屋的房梁上取出一挂爆竹来,扯了根竹竿子点着,在院子里噼里啪啦地响了一阵,一股硫黄味向四周弥漫。奇怪的是,一向好事的乌乡人,竟然没有人来围观。这让我突有所悟——人们喜欢看负面的热闹,不喜欢看正面的喜庆。

一切收拾停当,我和老向送马汉到青羊山庄。仍是我开车,青羊山离乌乡并不远,山中有一个大水库,那里曾有一个水电站。几年前搞开发,水电站搬迁,建起了青羊山庄,并种植了大量杜鹃招徕游客,起初是由一个铁矿主承包的,但由于位置过偏,顾客稀淡,生意一直火不起来。我还知道,青羊山庄几度易主,到杜宣这里,大概是第五六代庄主了。我们一路说笑,很快抵达青羊山,远远地看到路边有招牌,上书"青羊山庄"四个镀金字,牌匾是仿制清代皇家园林风格,山庄的门前,还立有两个做工粗糙的华表,看上去不伦不类。杜宣早已在门前迎候,只见他刻意修饰,着一身中式黑色唐装,脚穿软底布鞋,胡须也修剪过,两腮刮得发青,给人一种仙风道骨的印象。他笑着与马汉握手,热情有加,称:"我们的口技大师来了。"我则及时对门前的华表嗤之以鼻,杜宣点头哈腰:"以前留下的,不懂审美,土财主一个。嗯,很快拆除,很快。咔——"说着,做了个腰斩的手势。

杜宣对庄园的规划富有诗情画意:要让庄园置身于一片遮天蔽日的森林之中,让整个青羊山都变成鸟类的乐园。在杜宣宽敞明亮的办公室里,他打开电脑,让我们看他亲自画的庄园发展规划效果图,我们不禁为之一振,鼓掌叫好。杜宣示意大家落座,击掌两下,音乐响起,立即进来两个古典装扮的少女,少女向大家道个万福,魔术般变出一套茶具,两位少女开始表演茶道。洗杯闻香,冲掉茶碱,众人品尝到陈年普洱。很快换茶易盏,泡了一壶铁观音;品过,又沏了漂亮的太平猴魁,每人一杯;最后是一壶西湖龙井,味道醇厚正宗,众人叫好。风雅过后,杜宣又引领大家参观庄园,仿古的水榭楼台,假山玩石,帅男靓女点缀其中。午餐在山庄的"陶然厅",大家坐定,杜宣找了几个美女作陪,杜宣一一介绍,这个叫小青,那个叫小白。小白明眸皓齿,嘴唇性感,胸前有肉,大方地偎依在杜宣身边,添茶续水,不停地叫着"杜总"。杜宣介绍小白是他的秘书。秘书一词早已变得暧昧,大家听了,相视一笑。那叫小青的,操一口吴侬软语,娇滴滴的柔弱,唱了一曲越剧《黛玉葬花》片段,博得满堂喝彩,杜宣见马汉的眼睛一直盯着小青看,就笑着说:"马大师,以后小青就是你的徒弟了,跟你学口技吧。"马汉急忙坚辞,前额冒汗,说话结巴,杜宣摆手:"就这样定了,青儿,快叫师父!"小青涨红了脸,甜甜地对马汉叫了声:师父。

上菜之前,马汉站起身,表演了鸟语绝技,尽管眼前的场面他还是头一遭见识,有些拘谨,但一旦他进入状态,餐厅里立马变成了森林,几个悦耳的回合,招来了鸟群,扑棱着翅膀出现在窗外,它们是一些我此生从未见过的鸟,根本叫不上名字。它们与马汉呼应对话、嬉笑打闹,众人只有张大嘴巴呆若木鸡的份儿。当表演结束,走廊里早已聚满了人,多是山庄的员工,人们议论纷纷,说山庄里来了一位通灵神人,他能把鸟唤到身边来!杜宣很是得意,当场宣布:马汉以后就是青羊山庄的形象大使!

下午,我和老向离开山庄。杜宣早已喝得酩酊大醉,被四个青壮保安抬进了房间,杜宣不忘朝我摆手,嘴里咕哝着什么,大意是"人生好苦,好苦……"眼虽然闭着,但还是能看到溢出的两行泪水。我还看到他的一只布鞋落到了地上,一只瘦腿上长满了黑毛。车子发动,马汉却突然从人群里跑过来,双手敲击我的车窗,玻璃窗砰砰作响。我把车窗摇下,问他还有什么事,他却呆立一旁,沉默不语,眼神里流露凄惶,似乎有泪。我劝他:"好好干。"

从青羊山庄归来的第二天,我赴美的申请居然下来了。此事拖了两年半,我原本早已不抱希望,没想到却突然被获准,神奇的信函像春天的燕子翩然而至。接下来经过一番琐碎的忙乱,签证很快办理下来,一切都出乎意料地顺利,我做梦似的来到了旧金山,成了当地一所大学的访问学者。如今回忆,那个城市的同性恋者可真多,这让我经历了难以言说的心理体验。但初至美国的兴奋很快消失,后两个月我差不多是在扳着手指头挨日子,期盼着归国的日期早到。如果有人让我对此行作出评语,我只能用"一言难尽"概括,不想多谈。要命的是,一部写了一半的长篇小说被搁置下来,若想接续上则需要花些工夫。因此,归国后的第一件事,就是进入阅读,整理资料等,为重新进入这个长篇小说的创作状态做预热。但半年过去,我的工作室已经结了蛛网,收拾了整整一个上午,弄得满头热汗。这时候,停了半年的手机响了,是老向打来的,口吻平淡:"周老师,听说您回来了?"我说是的,刚回来两天,还没来得及……话没说话,老向说:"那我去看您吧。一会儿就到。"

乌乡离我的居住地不远,约半个钟头后,老向就到了。他是骑一辆破旧的摩托车来的,从后座上取了一包东西给我,我以为是他老婆腌制的咸鱼,就客气了一句,把纸包放在了茶几上,让他坐下喝茶。老向说:"那包东西,是马汉留给你的。"我一愣:"马汉?他咋样?"老向说:"他死了。"我大吃一惊,但看老向的脸上仍是那般平静,以为是在开玩笑。

听完了老向的一番讲述,我的脊梁骨上滋滋地冒冷汗,真切地意识到:马汉的确不在了。

原来,马汉在青羊山庄的工作并非想象中的顺利,他长期"散养",早已无法适应时代的诸多游戏规则。如前所述,杜宣对他器重有加,突出表现是无论走到哪里都把马汉带上,官场贵宾来山庄,杜宣定要马汉作陪,席间表演口技助兴,招来神秘的鸟群入室,每每都惊得官人们张大嘴巴,纷纷称奇。有些贷款项目,就是在官人嘴巴大张之际点头拿下的,马汉因此为山庄立下不少功劳,也赢得可观效益。杜宣一时兴起,说:奖!在全员大会上当场宣布重奖马汉五万元,外加一辆二手轿车。这件事在山庄引起轰动,并很快波及周围的景区,人们慕名纷至沓来,一睹山庄奇人风采。电视台和晚报记者闻风而至,对马汉的绝技表演作了不吝篇幅的报道。经过杜宣这个包装高手的一番策划,马汉成了名人。那是马汉风光的一段日子,乌乡人惊讶地看到:他开着轿车回家了——尽管是山庄一辆淘汰的二手普桑,但也足以令乌乡人眼热得心跳加速。马汉西装革履,从头武装到脚,在围观的人群中呵呵笑着,有人飞快地偎过去,请他合影、签名。看上去马汉很受用,愉快地接受着生活迅疾的变化。几天之后,马汉回到山庄,这一回就是两个多月过去,屯里人再也没有马汉的消息。鬼知道,其实马汉已经出事了!那一天,省城里来了一拨据说是几个部门组成的执法人马,他们打着考察的名义,要给山庄定级。这些人简直就是酒神,像是肚子里安装了酒桶,胃囊是瓷器做的,怎么喝都不会醉。他们打算用五天的时间检查完山庄的角角落落,再装模作样地给每一项内容逐一打分。领队是个镶着金牙的黑胖子,每天绕着山庄指指点点,打着官腔,横挑鼻子竖挑眼,这让杜宣大为窝火,拼命按捺住艺术家的脾气没有发作。他知道这些人不能得罪,一旦发火把子弹打出去,局面将不可收拾,只有满脸堆笑,尿水急得滴到裤子里。山庄成立了接待小组,小青小白轮番上阵,不遗余力地接受着黑胖子一行的百般调笑。第四天上,杜宣终于使出"杀手锏",

把马汉隆重推出,在众人喝到酒酣耳热时表演鸟技,把那些夜空的鸟儿召唤过来,这一招果然灵验,宴席上第一次响起掌声,黑胖子笑得大嘴咧到耳根,端起酒杯站起身来,操一口呛人的鲁南方言:"呵呵,马大师啊,今儿个你算是让俺开了眼界啦,咱在省城打拼四十年,啥场面没见过?但能把鸟儿唤到身边的事,还是他奶奶的头一遭见!嗯,这么着,咱哥俩儿都满上,俺敬你一杯——俺先干了!"马汉见状,额头出汗,支吾道:"酒我不会喝的……"说着,举杯凑前闻闻,伸伸舌头,味很冲,急忙张大嘴巴用手扇风,表示自己确实不能沾酒。杜宣急忙打圆场,说:"曹局,马大师要保护嗓子,不能喝酒,嗯,咱们喝……"说着,将杯中烈酒一饮而尽,谁知黑胖子并不买账,虎起了黑脸,嘴里带起了脏字:"操!哪能这么不给面子!不就一杯鸟酒吗?俺就不信喝了能死!不喝也行——"说着,黑胖子借着酒意,上来了牛脾气,指指满屋唧喳乱叫的鸟雀,额头青筋暴露,满目凶光地盯向杜宣,吼道:"老杜,这野生的玩意吃了大补,你给俺挑大个的,炖上两只!"

全场气氛顿时陷入僵局,空气凝固了一般尴尬,大家一片沉默,仿佛谁再说一句话,就会点燃一场大火。徒弟小青急忙给马汉使眼色,马汉略一愣怔,手哆嗦着,将满满一杯酒端起,声音小得像蚊子哼哼:"这酒……我喝了。"将酒喝光,眼里早沁出了泪水。黑胖子见状,脸上现出了开心的笑容。

第二天午宴过后,考察团总算离开了,车后厢里装满了蜂蜜、桑葚酒、鹿茸酒、人参等山庄特产,这是一贯的规则,每月都要来几拨。望着三辆车歪歪斜斜地出了山庄的大门,杜宣才松下一口气来,心里早骂上了,当然是骂自己:杜宣啊杜宣,放着好好的清福不享,你他妈搞哪门子山庄哟。他觉得眼前的游戏很不好玩,但既然上了贼船,收场已不可能,哪怕遇到比这更不愉快的事情,也得硬着头皮走下去。他突然很怀念在京城做北漂的日子。"杜总呀,"是小青的声音,吴侬软语,打断了杜宣的思绪。"师父发烧一天了,您快去看看吧。""马汉病了?"杜宣猛一激灵,令他担忧的事情果然发生。杜宣跟随小青匆匆来到马汉的宿舍,马汉正倒在床上胡言乱语,唇上起了火泡,杜宣摸摸他的额头,滚烫,像烧着的木炭;马汉奋力睁眼,也只是掀开一道缝隙,嘴张了张,却发不出声音。"快叫医生。打120。"杜宣吩咐小青。很快,医院的急救车赶到山庄,把马汉拉到市人民医院。

马汉在医院一待就是半个多月,他被诊断为酒精过敏引起重度感冒又引发哮喘,要命的是,做过手术的咽喉受到刺激发炎肿大,嗓子坏掉了,从此变成了一副公鸭嗓子,马汉的嗓子,再也不能模仿惟妙惟肖悦耳婉转的鸟鸣了。得知消息后,杜宣心情沉痛,一次次赶往医院安慰马汉,表示让马汉留在山庄,鸟技废了但可以做点力所能及的工作。让他不要背思想包袱。病床上的马汉呆呆地倚靠白墙,面无表情地沉默,从眼睛里流出两行清亮的泪水。

大师废了"武功"的消息传到山庄，引起一阵可想而知的骚动。有人叹息同情，有人骂黑胖子害了马汉，也有人幸灾乐祸。但事实是，要强的马汉并没有再回山庄，而是在办理完出院手续后不辞而别，悄悄重返森林，住进了那幢破旧的小石屋。起初，杜宣派山庄的人来到森林，企图劝说马汉，自然是无功而返。他们进入森林后迷了路，连马汉的面都没见上。

又过了半个多月，有个在山中种植草药的老头儿来到鸟乡，找到老向，声称有祖传秘方可以治愈马汉的嗓子，信誓旦旦地拿脑袋做了保证。老向一听高兴极了，急忙发动摩托车，带着老头来到森林石屋，却发现马汉已经走了。他们晚了一步。

"真是奇怪啊，"老向说，"这个马汉，竟然是站着离开人世的，他身子倚在石屋外的墙上，眼睛还大睁着，仰脸望着远处……俺当时大叫着：'马汉！马汉！你有救了。'他不应，俺就上前轻扯他的衣服，他慢慢地倒下来。"

在石屋子的小木桌上，老向看到一页纸，用一只黑碗扣住一角，不用问，是马汉留下的遗书。旁边，有一只塑料袋，还认真地用胶布封了口。

我解开塑料袋，发现是一摞牛皮笔记本，上面密密麻麻地写满了字，粗略翻阅，竟然是马汉观察鸟类习性和学习鸟叫的笔记。我心头一热，心痛得想哭。

开上车，我和老向来到森林。霜降已过，时间是深秋了，森林里枯叶飘飞，一派凄凉景象。老向引导，我们来到马汉崭新的墓前,两人默默地鞠了躬,蹲下身烧了两刀纸钱。马汉的墓碑是青石做的,上面镶嵌着他的照片,照片是他初到青羊山庄那天照的,清瘦的脸庞,笑得羞涩而灿烂。烧完了纸钱,我突然想起件事,对老向说:"马汉走了,这世上没有比他更爱鸟的人了。把那几本笔记烧了吧,他在阴间里会用得着。"老向眨眨眼,又点头,两个人就展开袋子,从中取出那几卷破旧的本子,我手持本子,老向擦燃了火柴,眼瞅着火焰的舌头就要吞舔本子了,空中却突然响一声嘹亮的鸟叫:"喳!——"

一只白色大鸟从天而降,以俯冲的姿势飞落,动作迅疾地把本子用长长的喙叼起来,嗖地一下飞到了树枝上。我和老向被这突如其来的一幕惊呆,眼瞅着大鸟从一棵树跳到另一棵树,声音叫得凄惨。大鸟一叫,本子散落下来,羽毛般在空中飘飞。我们起身欲追,大鸟终于展开羽翼,飞向空中,在我们的视线内缓缓消失。

献给消逝的事物 | 后记

像一次命定的奇遇,十多年前的草原自驾游,因为途中寻找加油站,车子拐进一片茂密的森林,却意外地成就了我与一个小镇的神秘邂逅——眼前的物景令人疑惑,它陈旧的面貌让我想起童年,扶方向盘的手忍不住微微颤抖,我仿佛穿行在梦境之中:低矮的木头屋舍,河边的大风车,清澈喧响的河水,河岸上雪白的羊群,以及大片堆放在路边散发着清香的松木柴,高高树枝上的鸟巢和盘旋的乌鸦,蜜蜂的嘤嘤声和池塘边的野花;镇口的一座百年古庙还在,屋檐下的狗叫声雨声般淅沥,混杂着慵懒的织机与纺车声……周围的一切包括空气都是静谧的,时间仿佛是一块凝固的巨石,街上的人们迈动着迟缓悠然的步伐,面容安详。我的脑海里蹦出一个字:慢。

是的,不知何时,我们的生活与"慢"脱节了,时光风驰电掣般向前奔突,人类进入了疾风暴雨般的后工业时代,体验到短暂的晕眩,或许其中有幸福与快感,但随之而至的却是紧张、忐忑、焦虑、不安、烦恼与失眠——时间被切割,阅读成为碎片化,手机网络在给人带来便利的同时,制造的麻烦也前所未有。在这个时候,我们是多么渴望找到一个绝无污染的精神"乌乡",让心灵获得片刻的宁静与栖息,缓解一下内心的兵荒马乱,让紧张的神经得到大自然的疗愈,让人类重返童年,捡拾起纯真的树叶与松果,捡拾起跌落地上的星星碎屑,以及消亡已久的"罗曼蒂克"状态与画面。

多年前,米兰·昆德拉曾经在小说《慢》中表述,"慢是幸福的标志"。他还对大地上消逝的事物深表惋惜,发出由衷感慨:"慢的乐趣怎么失传了呢?啊,古时候闲荡的人到哪儿去啦?民歌小调中的游手好闲的英雄,这些漫游各地磨坊、在露天过夜的流浪汉,都到哪儿去啦?他们随着乡间小道、草原、林间空地和大自然一起消失了吗?"

那一年,我在这个被称作"乌乡"的小镇居住了半月之久,此后又多次光顾。渐渐地,我与那里的人们结下不解之缘,了解到许多掌故传说,镇子周围大片的板栗树、桑葚树和各种中草药植物,各种作坊和种植园,还有我的一位拜把兄弟。通过这位兄弟,我陆续结识了镇上的裁缝、铁匠、木匠、泥瓦匠、巫师、游医、出马仙、算命师、理发师、入殓师,以及民间歌手、鼓手、唢呐手、老猎手、酿酒师、马贩子、牛贩子、驴贩子、油坊主、豆腐坊主、牧羊女,以及潜伏于草丛野地灌木深处的各种生灵野物……于是,多年之后,就有了眼前的"乌乡系列"散文,有了这一本《乌乡薄暮》。我写作的目的之一,是除了赞美人性的美德之外,企图写出生灵与生灵之间的差异性,哪怕差异微小,小到一毫米。另外,无论未来的写作如何发展变化,也要让眼睛紧紧盯住人物,盯住人在时代中的坚韧、美善与精神纹路。毫无疑问,乌乡是一个"虚无的实境",它们寄托了我对生活最素朴的希望与情怀。

最后,说点题外话——最近一次去乌乡是2019年深秋,我惊讶地发现,镇子的一切已经发生了微妙变化,这是一些令人难以言说的变化,一些古木被伐倒,一些老屋子也拆除了。落叶缤纷,我踩着它们,心里翻滚着无可名状的意绪,像在心脏部位打了一个绳结。

因此,这也是我献给乌乡和大地上消逝事物的一曲挽歌。

2024年8月